新しいページ

谷口純子

日本教文社

広島にて　2004年8月29日
撮影　谷口雅宣

はじめに

このたび私の二冊目のエッセイ集を出していただくことになりました。一冊目のエッセイ集から約三年半が経ちます。

この間には、子供の巣立ちと人生の新たな挑戦が私にはあり、急激な変化の時でした。長男はすでに家を出ていましたが、二男と娘が順番に旅立ち、母親の私はその寂しさを、彼らの成長や自分自身の未来に夢を抱くことで、乗り切ろうと懸命だった様子が、これらのエッセイから窺えます。どんな母親にとっても、子供の巣立ちは人生の大きなできごとでしょう。しかし、娘が親元を離れて一年半が過ぎる今、私は現在の生活パターンにも慣れ、穏《おだ》やかな気持ちで彼らの成長を見守りながら、自分自身の今の生活に一所懸命に取り組むことができます。子供たちそれぞれには、いつも講習会等の旅先から葉書を出し、時々食料品などを宅配便で送ることが、母親としてのささやかな気持ちの表現となっています。このようなことで、離れていても心のふれあいが感じられるのは有難いことです。

このエッセイ集には、私が毎日両親に宛てて書いている絵手紙とその絵の一部を、載せさせていただきました。大変稚拙《ちせつ》なもので、このような場所で公表すると、「恥を知れ」とおしかりを受けるかもしれません。でも、これには理由があるのです。

昨年暮れのことでした。絵手紙創始者の小池邦夫さんから、東京・銀座の画廊で開かれている個展の案内をいただきました。その会場で小池さんにお会いしたとき突然、「谷口さん、絵手紙展をしてくださいませんか」と言われました。驚きで顔を赤らめ躊躇《ちゅうちょ》する私に、小池さんは熱心に勧めるのでした。

「あなたの絵が上手だから言うのではありませんよ。下手だからお願いするのです。ご両親にずっと絵手紙を書いておられるでしょう。あなたのような忙しい人でも、このような形で、両親への愛情の表現ができるということを、多くの人に知ってもらいたいんです。それに、誰にでも描けそうな絵だからいいんですよ」

そして最後に「ご主人と相談してみてください」と言うのでした。

私は戸惑いを覚えつつ会場を辞しました。

帰宅後、話を聞いた夫は、「小池先生が言われるのなら、僕は賛成だよ」と、何のためらいもなく積極的に私の背中を押そうとしました。

それでも私は心が決まらず、二、三カ月もあるでもない、こうでもないと逡巡していましたが、ついに「そんなに勧めてくださるのなら」と決心したのは、今年の三月頃でした。そして会場や日程などの話し合いをするうち、ほとんど毎週末、生長の家の講習会に出かける私のスケジュールでは、絵手紙展を開くのは無理だということが分かり、この話は実現しませんでした。

私は毎日夕食後の十五分前後を使って、両親に宛てて絵手紙を描くのを始めて、もう四年半になります。きっかけは、その頃物忘れが頻繁になった母の日常の刺激になれば、と思ったからでした。ところが、絵手紙を描き続けるうちに、私の方に変化が起こりました。年老いた両親の生活に対する余計な心配や取り越し苦労が、次第になくなっていったのです。便りをすることの大きな力を知りました。

そのようなことがあり、このエッセイを読んでくださる皆さまにも、ご家族や親しい方と心を通わせる一つの方法として、絵手紙をお勧めしたい。そんな気持ちから掲載させていただきました。

改めて申し上げるまでもなく、このエッセイ集は発展途上にある私の心の軌跡とも言えるものなので、未熟さは否めませんが、さらに進歩を心がけることでお許しいただければ幸いです。昨年四月から始まった生長の家講習会での講話は、私の人生にとってまさしく「新しいページ」となりました。人にお話をすることぐらい、自分自身の勉強になることはないと改めて感じています。そのような意味では、子育て後の人生にこのような役割が与えられたことを、今有難く感謝している私です。そんな思いを本の題名に託しました。

このエッセイ集のために、永井泰子さんには美しい表紙絵を描いていただきました。また日本教文社の第二編集部の皆さまには、大変お世話になりました。お礼申し上げます。

人生の伴侶であり、良き理解者である夫は、いつも私の傍らにあり助け、導いてくれます。この場を借りて感謝いたします。

二〇〇四年九月　秋風が吹き始めた頃

谷口　純子

新しいページ　目次

人生の節目

〝二人の自分〟の間で

海苔巻の味

今がいちばん

カバー装画……………永井泰子
カバーカット・本文挿絵……著者

新しいページ

人生の節目

——子育てが終わろうとしている

（二〇〇一年一月〜二〇〇一年十二月）

心の居場所

今年のお正月、三年振りで家族そろって故郷へ帰った。

そこは私の実家、伊勢である。最近二十歳《はたち》になったばかりの長男はここで生まれたし、子供三人はまだ小さい頃から、毎年夏には遊びに行っている。だから彼らにとって、伊勢はもう馴染《なじ》みの土地になっていた。東京の原宿で育った子供達には、伊勢はある意味で〝あこがれの土地〟だ。海や山、川も田圃《たんぼ》も近くにあるから、存分に自然に触れて楽しむことができる。また、時間に追われがちの東京での生活とは違って、ここではのんびりとした時を過ごせるからだ。彼らにとっても故郷と呼べるかもしれない。

原宿で生まれ育ち、現在も原宿に住んでいる夫は、「僕には故郷と呼べる所はない」

と言う。故郷というものは離れていればこそ、そう呼べる、という誰かの言葉を思い出した。

私が伊勢を離れてから、もう三十年以上がたつ。郷里には十八歳までいたから、東京暮らしの方がはるかに長い。にもかかわらず、東京ではまだ、〝旅の空〟のような感じのする時がある。「東京が嫌い」というのではないし、馴染めないわけでもない。この大都会は、それなりに刺激的で、魅力的だ。それに私は、故郷を懐かしがるということは、後ろ向きの人生を歩む自立していない人間のようで、好ましくないと思っていた。それでも生まれ育った土地というのは、なんの構えもなくなじめる気安さがある。

ここ数年、私の帰郷は一泊して翌日に帰る慌《あわただ》しいものだった。しかし、今回は四日間滞在できたので、故郷の在《あ》りようを考える余裕が少しあった。

久しぶり（と言っても私は半年ぶり）に訪れたのだが、到着した当初は異邦人のようで目に映るものがみな珍しい。ところが、気がつくと、いつのまにか時間を超えて、違和感なく馴染んでいる自分を見出す。

小学生の頃毎日遊んだ、高台になった近所の神社の森は、今はきれいに整備されて、冒険するような場所はない。その下を流れていた澄み切った小川は、もう跡形もなくなっていた。かつては川辺の土手に立てば、田圃や畑が眼前に広がり、遠くの山まで視界を遮《さえぎ》るものは何も無かった。ところが今は、住宅が山や田畑を隠し、幼い頃の記憶に残る場所を見つけることは難しい。

先年亡くなられた作家の藤沢周平さんは、故郷の山形のことをよく語っておられたが、その最後のエッセイ集『ふるさとへ廻る六部《ろくぶ》は』の中で、故郷を書く理由について「作家として生きるにあたって、自分のアイデンティティーを確立する必要があったから」という意味のことを述べておられた。

藤沢さんのこの話を思い出し、私の「アイデンティティー」（自己の存在証明）なるものはと、思いが及んだ。それは多分、故郷の山や、川や、人――それらの全てが含まれたものだと思うが、伊勢神宮の森もその一つかもしれない。一月三日、両親や妹の家族達と伊勢神宮に参拝した時、ふとそう思った。

私は物心ついた時から、お正月には必ず神宮にお参りしていた。また、遠くから親戚が訪ねてきたといっては、その人達と一緒に神宮参拝をした。高校時代には、学校が内宮《ないくう》に近かったため、私達は「ガイジン・ハント」といって（今思えば随分な言葉だが）、放課後になると英会話の練習のため、外国人観光客を探しに神宮に行くこともあった。そこが、外国からの旅行者が訪れる観光スポットの一つであることは、昔も変わらなかった。

そんなある秋の日の午後、私は英会話のためではなく、一人で伊勢神宮にお参りした。宇治橋を渡り、人気《ひとけ》のほとんどない参道を歩いている時、にわかに私は神域の荘《そう》厳《ごん》さに触れた気がした。

西行《さいぎょう》法師が伊勢神宮に参詣したとき詠《よ》んだ

何ごとのおわしますかは知らねどもかたじけなさに涙こぼるる

という歌が、その時、私は理解できたと感じた。

後年、東京の明治神宮の鳥居の前に立った時も、「ああここに日本がある」と思った。緑深い鬱蒼《うっそう》とした森を背景に佇《たたず》む白木の鳥居の姿――これが私の中の「日本」の原点であり、日本というものを最も身近に感じる所なのだ。それはまた私の故郷でもあるのだった。

それに気づいたとき、そんな心の居場所――目には見えない故郷の大きな影響力を確認して、私は安心している自分を見出した。良きにつけ悪しきにつけ、それは私自身から切り離すことのできないものとなっている。そんな故郷への思いを、素直に認めて良いのだと思った。その確かな基盤があってこそ、人は安心して前へ進めるのだと思う。

人生の節目

二男が四月から一人暮らしを始める。

五人家族だった我が家も、いよいよ三人になる。長男が家を出て四人になった時も淋しかったが、今度は子供は一人になる。子供たちと賑《にぎ》やかに過ごした日々と別れを告げなくてはいけない――そんな感じがする。いつかその日が来ることは漠然《ばくぜん》と予測していたが、実際目の前に突きつけられてみると、寂しさが胸に広がる。

「私がいなくてはこの子は生きていけない」

――この世に生を受けた我が子を見た瞬間、そんな理屈を超えた感情に突き動かされたのを、私はまだ覚えている。それ以来、母である私は子供たちの面倒をあれこれみてきたが、そんな役割もまもなく卒業する。一人で歩けるまでに生長したのだ。あ

ぶなげに思えても、これからは手を出さないで見守っていかなければならない。

末娘の巣立ちも時間の問題である。そして、私の生活も少しずつ変わっていくのだろう。子育てをしている時は、子供のいる時間が永遠に続くように思いがちだが、どんなものにも必ず終わりがあることに、今更《いまさら》のように気がつく。子が旅立っていけば、夫と二人になる。

子育て繁忙《はんぼう》の時代から、私は夫と二人でできるだけ多くのことを共有しようとしてきた。夫の休日が木曜日であることが、幸いだった。末娘が小学校に行くようになってからは、木曜日には特別な用がない限り、郊外にドライブへ行ったり、映画を見たり、二人で買い物に出かけたりして時を過ごした。そういう何でもない交流によって、お互いのその時その時の考え方、心の中の思いを理解していった。

これからもそのような過ごし方は変わらないと思うが、今まで私の前に大きく立ちはだかり、生活の多くの部分を占めてきた「子供」という存在がなくなる変化を、母親の私は想像しにくい。子育ては、ある意味で「生きがい」である。それがなくなろうとする時、「私の人生は？」という問いが頭をもたげる。そんな時、夫婦二人のつながりの原点がはっきりしていれば、迷ったり、生きがいを見失うことは少ないだろう。

私は夫との生活の出発点で、自分の人生の〝理想〟を夫に投影していた。自分の夫となる人は、できれば社会を変革するような人であって欲しいと願った。そして私はそんな夫を支えられる妻でありたいと願ったが、それと同時に、私自身の個性も生かしたいと思った。この二つの願いは、時には矛盾するように思えた。

その頃、私は「夫のために生きる」とか「夫の成功が私の生きがい」等という女性の話を聞くと、「へえー、今時そんな人もいるのか」と少し羨《うらや》ましく思う反面、「でも私にはできそうにないわ」と思い「私という人間の存在はどうなるの」とか、「私だって成長したい、能力を伸ばしたいという願いはどうするの」など、二つの相反《あいはん》することを、どのように兼ね合わせるのか分からないことがたくさんあった。そして私自身は、家事や育児をしながら、いつも何かに追いたてられているような焦りを感じていた。

そんな中で私は英語の勉強を始め、エッセイを書くようになった。どちらも私にとっては簡単にできることではなかった。努力を積み重ねていくうち、日々の生活の中での二つが、大きな位置を占めるようになっていった。私の場合、幸いにも夫が私のこういう活動に全面的に協力してくれるから、とてもやりやすかった。その理由の一つは、英語も文章を書くことも夫の向かっている方向にあって、二人で共有できる分野だったからだろう。

「夫を支える」などというと、封建時代の忍従の女性を思わせるイメージがあるが、そんなに肩いからせて頑張らなくても、夫を信頼し、自分自身の目標をもって生き生きと明るく生活できれば、それが私の願いに繋がるのではないかと、今は気軽に考えている。それに「信頼する」ことぐらい大きな支えはないということにも気がついた。

子供が旅立つのは淋しいものであるが、人生は変化していくもので、変化を拒んでは進歩は望めないと自分に言い聞かせている。また変化の途上では、新たな視界も広がるだろう。

雅宣さんが見たいと
言っていた「カンダ
ハール」という映画を
見に行きました。
狭い映画館 観客のほとんどが、
中年以上の人でした。立ち見の
人もいました。カナダに亡命したアフガニ
スタン女性が妹を助けにカンダ
ハールに行くという実話を、本人が
演じて、ドキュメンタリーのよう
でした。
（女の人はみんな体がすっぽりくるまれるブルカを着ています）
一月十七日

鑑真和上

ガラスケースの中の、鑑真和上像《がんじんわじょう》は想像していたものより小さかった。しかし造られてから千二百年以上が経っているとは思えぬ、しっかりとした存在感があった。奈良の唐招提寺《とうしょうだいじ》では平成の大修理が行われているため、その間、この和上像は各地を巡回するそうだ。

私は一時期、日本画家の東山魁夷《かいい》さんの画集や随筆を片っ端から見たり、読んだ。それは、東山さんが亡くなられた直後、テレビで追悼番組を見てからだった。東山さんは、日本を代表する日本画家で、沢山の素晴らしい作品を残されたが、中でも唐招提寺御影堂《みえいどう》の障壁画《しょうへきが》は、その画業の集大成と思われ、ある意味で精魂傾けた作品ではなかったかと思う。

テレビの中で、東山さんが障壁画の制作準備のため、日本の山や海をスケッチしてまわる姿や、鑑真和上像の前に座り祈る姿に、私は深い感動を覚えた。それ以来、唐招提寺を訪れることが、私の願いとなった。しかし唐招提寺が一般に公開されるのは、年に一回だけ、それも三日間というほんの短い期間だった。そのうえ唐招提寺では、昨年の春から平成の大修理が始まり、完成は約十年後と知ったので、私の夢が叶うのは、随分後のこととあきらめていた。

だから、新聞で上野公園内の東京都美術館で「鑑真和上展」が開かれると聞いて、すぐに出かけた。本当は大和の唐招提寺の建物の中にある、和上像を拝観したかったが、それは十年後の楽しみとして取っておくことにした。

平日の午前十時過ぎに美術館に入ったが、案《あん》の定《じょう》、かなりの賑《にぎ》わいだった。どの展示品の回りにも人がひしめいていて、係の人が「先に進んで下さい」と声をかけなければならないほどだった。東山さんを通じて私は、鑑真に興味を持ち、詳しく知ることができた。

鑑真和上は天平勝宝六年（七五四）、日本からの招聘《しょうへい》を受け入れて、唐から来日された。当時の日本は仏教が隆盛を極めていたが、内実は無秩序と混乱が生じ、伝戒《でんかい》の師を必要としていた。命《めい》を帯びて遣唐船で唐に渡った日本の二人の青年僧の懇請を入れて、日本渡航を決意されたのは、和上五十五歳の時だった。

妨害や船の難破などで、五度の失敗の末、ようやく日本への渡航が叶《かな》ったのは、発願《ほつがん》から足かけ十二年で、和上は六十七歳になっておられた。しかも失明という大きな代償を払ってのことだった。このことについては、井上靖氏の小説『天平の甍《いらか》』に詳しい。また史実については、安藤更生氏の『鑑真』に、詳細に書かれている。

「なぜそこまでして、和上は日本に来られたのだろう」――素朴な疑問が湧く。明治時代にも、釈迦直伝《じきでん》の経典を求め、死を賭してチベットを目指した日本人の僧がいた。「真理」を求める、「真実探求」の強い思いからそのような行動に出るのは、理解できる。しかし和上の場合はそうではない。唐にあって和上は、頂上を極めた僧だった。その高僧が、なぜこれほどの苦難と危険を冒して渡日されたのか、凡人の想像の及ばぬところである。

日本という国に対して、少しは魅力を感じておられたのかも知れない。しかし何よりも和上の仏法を思う意識は、国境を越えていたのではないかと想像する。仏の道を歩む者に正しい規律を伝えることには、中国も日本もなく、それを必要としている所があれば、どのような苦難をも厭《いと》わないという、強い使命感を持った人だったに違いない。

私には鑑真和上や、当時日本から唐に渡った僧たちの生き様は、とても新鮮で、刺激的だった。その頃、日本からの渡航は命懸《いのちが》けの行動だったろう。道を求めるそのひたむきな真面目さは、その時代仏教が人の暮らしに、大きな影響力を持っていたことを示すと共に、人生に光を与えるものだったことを表している。

私は現代社会の中で、他の多くの人達と同じように、沢山の物に恵まれ、不自由のない生活を享受《きょうじゅ》しているが、鑑真のような生き方に触れると、人が生きる上での大切なことを、単純明快に示されたようで、心が清められ爽やかになる。そして人間の中にある偉大な力に感動し、自分と比べようもないほど遥かな存在ではあっても、「私は私なりに、しっかり生きなくては」と感じ、勇気をもらうのだ。

うららかな春の日に

春のうららかな日の午後一時前、私は車に乗って東京の明治通りを新宿から自宅のある原宿に向かっていた。ちょうど代々木あたりの横断歩道の手前で、赤信号のため停《と》まった時だった。昼食を終えたらしいサラリーマンやＯＬが、前の道路を渡っていた。制服を着た若い女性三、四人のグループもいて、その中の一人は、持ち帰り用の容器から出たストローをくわえて、歩きながら飲み物を飲んでいた。そのうち、歩行者用の青信号が点滅し始め、その集団は小走りで視界から消えた。私の車の左側の歩道を歩くサラリーマン風の男性も、食事を終えて満ち足りた様子だった。

「日本はなんと平和な国だろう」――春の陽気と、そこかしこで目につく咲き始めたばかりの桜の花の存在が、私のそんな思いを増幅させた。差し迫った問題は何もなく、

どの人ものんびりと、楽々と暮らしているように表面的には見えた。

そんな感じを受けたのは多分、前日に読んだ新聞記事の影響があった。キリンビールの新社長となられた荒蒔康一郎《あらまきこういちろう》さんは、アメリカ留学時代、大学の学生用の談話室で、戦争で亡くなった学生や卒業生のアルバムを見たそうだ。それは第二次世界大戦から朝鮮戦争、ベトナム戦争に至るまでのものだった。そして米国では今でも戦争が現実のものとしてあることを感じ、それに比べて日本はつくづく平和で特殊な国だと実感させられたという。そんな記事が私の頭に残っていたから、昼下がりの歩道を行く人を見て、「平和な国」だと思ったのだ。

豊かで平和な日本に慣れっこになっているから、そのありがたみを普段は感じにくいが、少し違った目で見れば、つくづく幸せさが分かるということなのだろう。日本が世界の中で特殊な国だということも、日本の中にだけ目がいっていると、わかりにくい。

その三週間程前のこと。私は日本画家、平山郁夫《いくお》さんの絵画展を見に行った。奈良薬師寺の玄奘三蔵《げんじょうさんぞう》院の壁画完成を記念したものだったが、展示作品の中にバーミヤンの大仏の絵もあった。その絵画展の出口では、平山さんの呼びかけによる、大仏破壊を宣言しているイスラム原理主義勢力タリバーンに対して、破壊を思い止まるようにさせるための署名と、世界の文化遺産を護るための募金をしていた。私もそれに協力した。しかし、その一週間後に大仏は破壊された。

破壊から四、五日たったテレビのニュースでは、画室で仏像の絵を描いておられる平山さんが映しだされた。ほどなくして平山さんはカメラの方に向いて、大仏破壊について話された。

「今は破壊されたばかりですから、周囲の風景と違和感がありますが、やがて時間が経過すれば溶け込んでいくでしょう。これがこの世界の現実です。仕方のないことです。私達は他の文化遺産に、さらなる破壊が起こらないようにしなくてはなりません」

表現の細かい部分は詳しく覚えていないが、平山さんは大体このような意味のことを言われた。

緊急アピールまで出して、大仏の破壊を阻止しようとしておられた平山さんだったから、さぞ嘆いておられるだろうと思っていたので、私は意外だった。が、その言葉

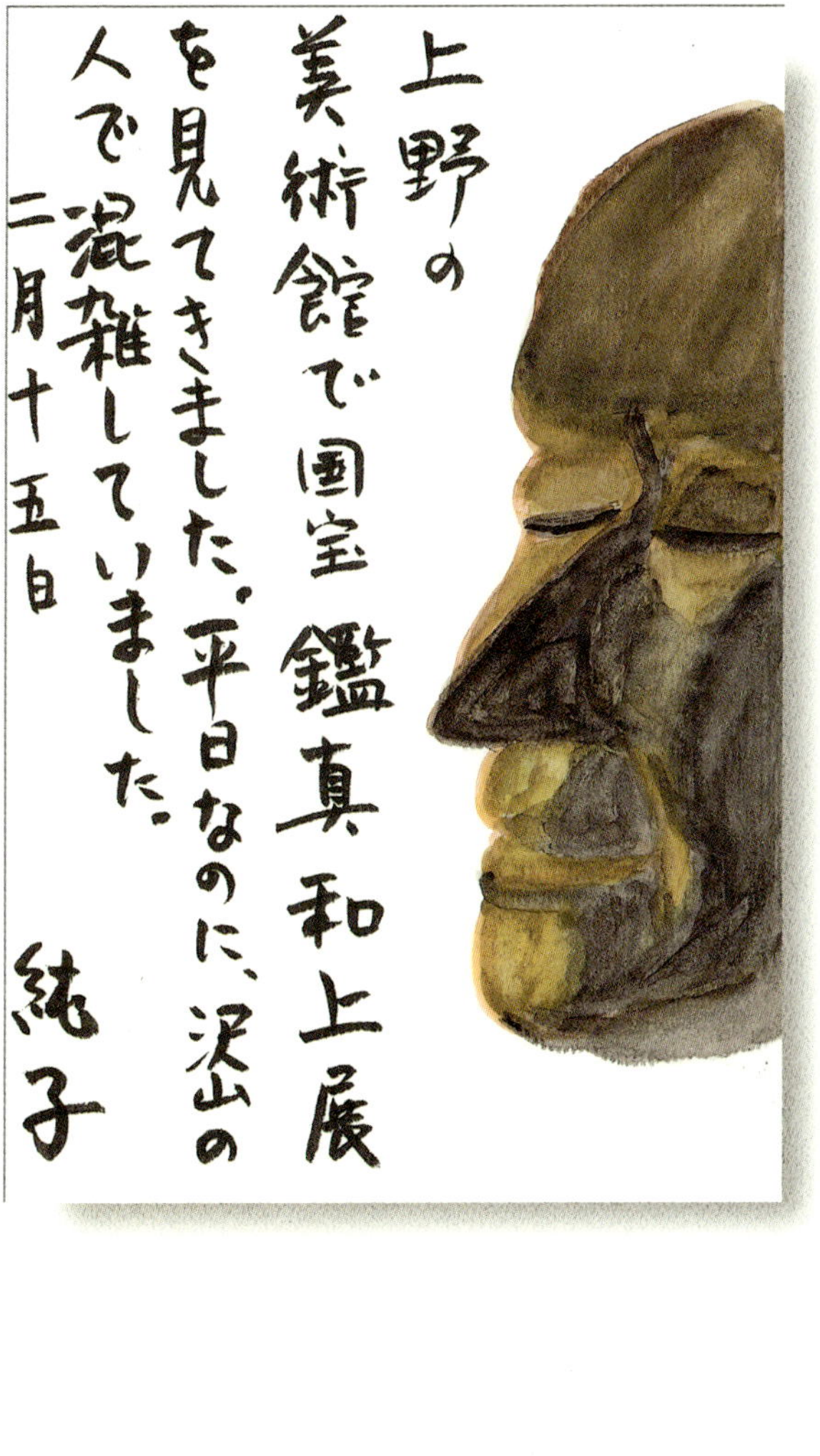
上野の
美術館で国宝鑑真和上展
を見てきました。平日なのに、沢山の
人で混雑していました。
二月十五日
純子

を聞いて、さすがだと感服した。広島で被爆し、シルクロードを百回以上スケッチ旅行しておられる平山さんだから、廃墟や破壊の数々を散々見てこられたに違いない。それが世界の現実であり、嘆いたり、非難しても解決にはならない。それよりも、このような破壊が繰り返されないように、未来に向かって積極的に行動していくことが大切だという意味なのだと思う。それは、自分の役割と責任を自覚している人の発言だった。

バーミヤンでの大仏破壊は、日本に暮らす私達にとっては、同じ地球上の出来事とは思えぬほど隔《へだ》たりがある。そして、そんな遠い所の事を知ったところで、「あなたに何ができるのか」と問われれば、何もできない私自身でもある。しかし同じ地球上に生きる者として、世界の現状を知ることは、ささやかなりとも日々の生活姿勢に影響をあたえるに違いない。それが募金や投書という形になったり、あるいは実際の支援活動に発展するかは分からないが、そんなことの積み重ねによって、私達は独りよがりを越え、隣人や隣国への理解と協力を進めていけるのだと思う。

山の春

新緑の美しさが目に染みる五月の連休の後半、私は夫と娘の三人で八ヶ岳の南麓《なんろく》に出かけた。出発した日は四日で、予想どおり中央自動車道は途中からかなり渋滞し始めた。

ノロノロ運転の退屈紛《まぎ》れに、私はハンドルを握る夫に、その日の朝刊の記事で夫の興味のありそうなものを、声を出して読むことにした。普段新聞を読む時は、自分の基準で取捨《しゅしゃ》選択するが、夫の基準で記事を選んで読み、さらに時間が余ったので、自分の読みたい記事も読んだ。だから、ほとんど隅《すみ》から隅まで読むことになった。

これに加えて、車内に持ち込んだ新聞は二種で、各々《おのおの》が主張のかなり違う新聞だったから、同じ事象を報道する二つの記事を読み比べるのもなかなか面白かった。新聞

を丁寧に読むと、相当幅広い知識が得られると、今更《いまさら》ながら思うのだった。

移動中の車の中で本などを黙読していると、車の揺れ具合によっては気持ち悪くなることがある。しかし声を出して読むと、そのようなことがないことに気がついた。それには何かきちんとした医学的理由があるかも知れないが、私が思うに、人に聞かせるための朗読は結構気を使うから、そういう神経の使い方が乗り物酔いを防ぐ役割をはたすのかもしれない。一時間半位読んでいたら、のどが痛くなってきたのでお終《しま》いにした。

車は、そのころにはようやく山梨県の大月近くまで来ていた。中央自動車道は、大月から河口湖方面と名古屋方面に分かれるので、そこまでがもっとも混雑する。この難所をようやく抜けて、ぶどうの産地・勝沼辺《あた》りまで来たとき、東京を出発してから三時間以上たっていた。桜はもう終わっていたが、新緑の山々は、同じ「緑」でも淡い黄緑から濃い緑まで数限りない色の変化を見せていて、その中に桐の花の薄紫が、あちこちに固まりになって見えるさまが、私の心をとらえた。

目的の八ヶ岳南麓までは結局、四時間かかった。連休中だからそんなものだろうと最初から覚悟していた。麓《ふもと》の村もやはり桜は終わり、ツツジやライラックが花をいっぱいつけていた。

私達がその日泊まる予定のペンションは、そこからさらに二、三百メートル登ったJR小海《こうみ》線の近くだった。標高千メートル前後のその辺りはちょうど桜が満開で、八重桜も山桜もみな一緒に咲いていた。また、家々の庭では芝桜が見事な花の絨毯《じゅうたん》を作っていた。ほとんどの家の庭に芝桜があって、それはピンクや白や薄紫の見事なパッチワークのようだった。長い冬を堪《た》えた後、一斉に花開いたという感じなのだ。

実は私たちは今年の二月にも、同じ場所を訪れていた。その時は一面の銀世界で、道路と人家の庭との境がわからないほどだった。だから、新緑と花いっぱいの山の春は、その冬景色とは際立っていた。スチュワーデス時代、海の外の北の国では、長い冬の後に訪れる春がにぎやかであるさまは、色々な土地で経験していたはずだ。が、なぜか、今回は初めての体験のような新鮮な驚きを感じた。それに、東京での春に加え、二度春を迎えたような、おまけ付きのうれしさだった。

山地の春は、東京の春では味わえない楽しみがある。私が密《ひそ》かに期待していたのは、山菜採りだった。山の中を走る車の窓から、私は目を凝《こ》らしてタラノキはないかと探した。すると、案外人の目につく所に、細い裸の幹をツンと伸ばしたタラノキが生えているのを見つけた。私が声を上げると、夫は車のスピードを緩めて近づいてくれるのだが、ほとんどの木はすでに若芽が採られていた。

そのうち、夫と娘も夢中になってタラノキを探しだしたので、私は笑ってしまった。こういうことは、いつの間にか人を狩猟・採集の時代にもどらせるもののようだ。

山菜は人の土地でも、それを見つけた人が採っても良いルールがあると、本で読んだことがある。私達は人様の庭先までは入らなかったが、道路沿いの林や森に入っていった。そして、協力して一五、六個の小さい芽を採ることができ、大満足だった。

帰路も高速道路が混雑しているだろうと予測して、私たちは早めに現地を後にした。その日は新聞の休刊日で、記事を朗読することができなかったから、私は渋滞の時間をどう過ごそうかと少し心配していた。しかし、路上の車の数は予想外に少なく、車の流れは「これが連休中？」と思うほどスムーズで、一時間半で東京まで帰って来た。お陰で私達はその日の夕食に、採れたてのタラノメのてんぷらを頂くことができた。

目と心にそしてお腹にも、自然の恵みをたっぷり貰《もら》った黄金週間だった。

伴侶のある可能性

ある日受信したEメールに、「既婚者は夫以外の異性を好きになってはいけないのでしょうか?」という悩みの相談が書いてあった。「ウーンこれは難しい」私はしばし考え込んでしまった。

でも、私の中にある答えははっきりしていた。それは「よくないでしょう」という一言だった。色々理由はあるけれど、やはり一番にそれは夫に対する裏切り行為になるからだ。「分からなければ相手を傷つけることはない」と思うかもしれない。でも人間関係は、そんなに単純なものではなく、妻が自分以外の誰かに、思いを寄せているということは、夫には何となく分かるものだし、少なくとも、妻の愛情が自分に対して全面的に注がれていないということは、感じられると思う。こんなことから、お互い

の心の交流が難しくなり、やがて取り返しのつかない亀裂となってしまうことはよくあることだ。

こういう話を聞いて私がよく疑問に思うのは、結婚するときの覚悟の問題である。「覚悟」というと大げさに聞こえるかもしれないが、「自分はどんな結婚生活を理想とするか」という青写真が、あったのかと疑問に思う。結婚生活を通して、二人で何をしていくのか？　お互いにどのような部分で助け合い、支え合うことができるのか？　そういう生活上、人格上の「補足」の可能性や必要性を何も考えずに、ただ生活の安定や年齢や世間体《せけんてい》を気にして結婚したのでは、試練の多い結婚生活が来るのではと思う。

そんな難しいことを言われても今更《いまさら》と思うかもしれない。また生活の安定や世間体はどうでも良いというわけではない。どんな人も、そのような要素は多少なりとも考えて相手を選ぶかもしれない。でもそれ以外はあまり深く考えずに結婚してしまったということになると、いつか壁に突き当たることになるのではと思う。

結婚前、大抵《たいてい》の人は、男性も女性も、相手や二人の生活に対して、ある種の夢や甘い幻想を抱いている。ところが、実際に二人で生活を始めてみると、思い描いていたものと現実との違いが明らかになり、幻滅したり、失望してしまう人もいるだろう。このような時、生活の理想や目標がはっきりしていないと、どこかに逃げ出したくなったり、別の相手がいるのではないかと、あらぬ方向に目を向けてしまうことにもなる。

私が結婚というものに自分なりの理想を描いていたことは、以前に少し書いたが、今回は、もっと内面的な心のありかたに触れてみたいと思う。私は結婚前から、夫となるべき人は自分が心から尊敬でき、信頼し、愛することができる人でなければならないと思っていた。また私自身も、夫から信頼され、愛され、また対等に尊重し合える関係でありたいと願っていた。

私達は結婚前の三年間、日本とアメリカに離れて暮らし、頻繁《ひんぱん》に会うことができなかった。それは時に淋しくつらいことでもあったが、そのお陰で、二人は手紙を通して、お互いの考え方や置かれている状況を、よく話し合うことができた。だから結婚した時には、相手のことをある程度理解していると思っていた。

ところがこんな私達でも、実際に結婚生活を始めてみると、そうでもない部分が結構見えてくるものである。そんな時、私は「私の理想の人は！」と心の中で叫《さけ》んでいることもあった。しかし、やがてそのような行き違いは、実際の生活を通したお互いの心を、よく理解していないことから来ていることが、次第に分かってきた。「どうして私の気持ちを分かってくれないの」「愛情があれば、いちいち説明しなくても分かるはず」このように思い勝ちだが、話さなくては分からないことは、いっぱいある。自分勝手に思い込んでいることもある。理解しようとするにはやはり、それなりの努力が必要だ。だから私たちは、納得のいかないことは、お互いによく話した。問題をウヤムヤにせず、しっかりと向き合って理解しようとした。夫婦の問題は夫婦でしか解決できないと思っていたし、二人の生活を大切に思っていたからでもある。

そのようなことを積み重ねていくうちに、いつのまにか現実の目の前の夫と、私の中の〝理想の夫〟との間に距離がなくなってしまった。それは「諦《あきら》めた」ということではない。長所ばかりではなく欠点もお互いに持ち合わせているが、それでもやはり〝理想の人〟なのだと思えるようになったのである。それは「完璧《かんぺき》な人間」という意味ではなく、相手の中に理想を見出し、その可能性を信頼できるということなのだと思う。

「それは、たまたまあなたの夫が良かったから」と考える人がいるかもしれない。私は、そうではないと思っている。このことはどんな夫婦関係にも言えることで、「相手の可能性を信頼できる」までには、いろいろな困難や努力が必要になることもある。しかし、それを乗り越えて築き上げていくのが結婚生活であり、そこにこそ人生の一つの目標があると思っている。そこから逃げても、他のどこにも〝楽園〟など見つけることはできないのではないだろうか。

難しく聞こえるかもしれないが、簡単に言えば、結婚生活を成功させるための一つの方法は、目の前にいる人の良さを見ていくことなのだ。至極《しごく》単純なことのようだけれど、実行するとなると結構難しいところもある。人間というものは、相手が身近にいればいるほど、良いところは当たり前となり、逆に欠点が目につくものだ。そこで欠点は見ないようにし、長所を讃え感謝する生活を続けていくと、次第に欠点は長所に隠されて、気にならなくなってくる。

このような関係ができあがると、漠然とどこかに〝理想の人〟を求めるというような浮わついた思いは、起こらなくなるのではないだろうか。そして大地にしっかりと根

朝デッキでごはんを食べて
いたら、ドンと大きな音が
しました。洋間の窓に鳥が
二羽ぶつかって、一羽は少し
よろけて逃げて行きましたが、
もう一羽は下に落ちました。
雅宣さんが拾うと口ばしから血が
出ていて、その内、手の中で動かなく
なりました。窓に森の景色が映るので、勢いよく飛
んで来るのです。土に埋めました。
アカハラ（ツグミ科）
山荘にて
六月二十四日

の張った、穏《おだ》やかで安定した生活を送ることができる。

人生に伴侶《はんりょ》がいるということは、個人としては孤独な人間にとって、何よりも精神の安らぎが得られるありがたいことなのだ。だから、その貴重な機会を最大限に生かし、お互いの可能性を信頼しつつ、この二人でなければ築けない「何か」を実現する努力をしながら、悔《く》いのない人生を送りたいと私は願っている。

半袖の正装

「寒いですね、どうしたんでしょう? こんなに冷やして……」

「私、言ってきます」

それは六月末、この夏初めて気温が三十度を越えた日のことだった。私がいたビルの部屋は、時間がたつにつれて温度が下がり、生憎《あいにく》上着を持っていなかった私は、ハンドバッグに入っていたタオル地のハンカチを肩からかけた。そうせずにはおれないほどの寒さだった。

そこで温度を上げてもらうように頼んだが、結局帰るまで温度は変わらなかった。帰り際《ぎわ》、事務所の人が「寒かったですか?」と声をかけてきた。「ええ、省エネはどうしたんですか?」と私は年配の男性に、やや非難がましく返事をして、そのビルを出た。

外に出ると冷え切っていた体には、気持ちの良い暑さだった。しかしそれも数分のこと、すぐに身体中がべっとりとして汗が吹き出してきた。その後、私は地下鉄に乗った。またまた車内は冷えている。乗り換えの駅は、国会議事堂に近い永田町だったが、ここの広いホームもヒンヤリと冷房がいきわたっていた。スーツを着た男性が、沢山行き交《か》う。皆外の暑さなど存在しないという顔をしている。

同じ温帯でも日本はヨーロッパなどと違って、アジア・モンスーン気候に属するから、とても蒸し暑い夏になる。私は数年前、七月末に青森県の十和田湖畔《とわだこはん》を訪れた際、冬は雪に閉ざされるというこの地方が、その時期熱帯のシンガポールのように、豊富な緑が大地を覆うように繁茂しているのを見て、日本の風土の豊かさを感じた。

だが、その分暑さも当然熱帯並となる。かつての日本家屋は夏の暑さをいかに涼しく過ごせるかということが、最も重要な要素として建てられた。しかし現代は冷暖房が行き届いていて、高気密、高断熱が住宅の優秀性を示すものとなっているから、風の通り道などはほとんど考えられていない。私の家はほとんど冷房を使わないから、すだれを掛けて暑さを和らげたり、竹や藺草《いぐさ》、レースや籐《とう》製品を色々に使って、視覚的にも涼しく感じられるようにと、心を砕いている。

夏の二、三カ月の間の暑さは、なかなか厳しいものがあるが、「ああ、とうとう今年も熱帯夜と真夏日がやって来た」と覚悟を決めて、この季節にしか使わない、あるいは使えない物を意識して、身の回りに取り入れる。こういう暮らしは、生活にメリハリがついて私は好きだ。観葉植物をあちこちに配したり、母の日に子供たちから贈られたガラスの水盤に、浮き草を浮かべるのも、この季節のことだ。

そんな風にささやかな工夫を凝《こ》らして、なんとか暑さを乗り切ろうとしているのだが、家から一歩外に出ると、前述のように東京の街は電力を総動員して、そんな暑さを押しつぶそうとしているようだ。ビルの中、デパート、映画館、地下鉄のホームや車内、どこも半袖では寒くて、上に羽織《はお》るものが必要だ。地球温暖化が深刻化していると言われているのに、これはどうしたことかと残念に思った。そして気がついたことは、男性の服装である。

東南アジアの国々では、男性用に半袖の正装がある。熱帯の国々だから、スーツで過ごすにはあまりにも暑過ぎて、効率が悪い。一九九四年にインドネシアでアジア太平洋経済協力会議が開催されたとき、各国首脳がジャワのバティックで作られたシャツを着て、会議に臨《のぞ》んだ光景がテレビニュースで写し出された。日本の夏にも男性用に、そのようなシャツが考案されないかと思った。

あの背広姿でなければビジネスや会議の席に臨めない、相手に対して失礼になる。だからそんな服装の男性が過ごしやすいことを基準にして、色々な場所の温度が設定されているに違いない。そこで、夏らしい薄着では寒いことになるのだ。

先進諸国では季節に関係なく、背広姿は当たり前になっている。

地球環境の現状を考えれば、こんな硬直した思考と行動様式では、二十一世紀を生き残ることはできないのではないか。もっと柔軟性のある、自由な発想で行動できないものかと、あまりにも寒い東京の公共施設を体験して、思った。

何年か前に、日本の首相が省エネのためにと、半袖を着て執務したらしいが、あまり格好が良くなくて、不評だったという。痛みを伴う改革を提唱している小泉さんが、イタリア製でもラルフローレンでも、あるいはまた日本の親しいデザイナーの作でもいいから、洒落《しゃれ》たデザインの半袖の新スタイルで国会に臨み、議場の設定温度を上げたらどうだろう。これは、どこにも痛みを伴わない改革だから、皆拍手喝采《かっさい》するのではと思うのだが……。

東京の暑くて寒い夏は、こんなことを私に思いつかせる。

出かけて行った娘

高二の娘が二週間の予定で、アメリカのオレゴン州に出発した。通っている英会話学校主催の夏季英語研修に参加するためで、現地ではホームステイしながら、ウエスタン・オレゴン大学のキャンパスを借りて、英語の授業を受けたり、地元の役所を訪問したりするスケジュールが組み込まれている。

娘の出発の前夜、夫はパソコンで、娘がお世話になることについて、相手の夫婦に感謝の手紙を書いた。息子二人は小学生の頃、親とは別にニュージーランドと中国にそれぞれ行っているが、娘にとって、親のいない海外旅行は今回初めてである。本人はワクワク気分のようだが、親としてはあれこれ心配する。

私は成田空港まで彼女を送っていったが、英会話学校の係の人は、出発する生徒に

対して「現地に着いたら必ず自宅に電話するように」と念を押していた。生徒の中には年配の人もいるが、子供が一人で行く場合は、先方に無事《ぶじ》着いたかどうかの問い合わせが、日本の学校の方にかなり入るそうだ。それを未然に防ぐための、学校側の配《はい》慮《りょ》である。

そう聞いたので、私は娘の到着時刻を予想して連絡を待っていた。普段ならば、子供の旅先からの電話など期待しないのだが、行った先が外国であるから心配な面もある。ところが、その時刻を半日過ぎても、娘からは連絡がない。その間、私は彼女がアメリカでの電話の使い方が分からないのかもしれない。もしかして、無事に着いていないのでは……など、乱れる思いに悩まされた。そこで私はとうとう、夫に頼んでホームステイ先に電話をかけてもらった。すると、朗《ほが》らかそうな若い奥さんが電話口に出たそうで、すぐ娘と替わってくれた。

娘の言い分は、到着後に家に電話してみたけれど、持っているカードでは「繫《つな》がりません」と言われたそうだ。お世話になっている家の電話から国際通話をするのも悪いと思い、娘は電話しなかったという。「なんだ！」と思いながらも、私は娘の元気そうな声を聞いてやっと安心した。

それにしても我ながら、軟弱《なんじゃく》になったと思う。

少し前までは、緊急の連絡が必要なとき以外は、国際電話など使うことはあまりなかった。料金が高かったせいもあるが、現在はパソコン通信や携帯電話のおかげで、外国にいる人とのメールのやりとりも珍しくない。だからある程度頻繁《ひんぱん》に連絡を取り合っていないと、安心できない精神構造になってしまったのかもしれない。「離れた所で無事を祈る」というような奥ゆかしい態度、「信じて待つ」という忍耐強さなどは、通信技術の発達のおかげで過去のものとなりつつあるのかもしれない。

私の娘への心配は、成田空港の出発ロビーでの会話が、少し影響していたかもしれない。搭乗《とうじょう》手続きを待っていたとき、娘が私に「実は飛行機ちょっと怖いんだよね、祈っててね」と、いつも威勢のいい彼女にしては珍しいことを言ったのだ。私は彼女の不安のことは知っていた。というのは、彼女がまだ小学校一年生のとき、香港からの帰りの飛行機がとても揺れたことがあったからだ。私は、飛行機の揺れにはある程度慣れているので、その時の揺れについてあまり強い印象はない。が、彼女にとっては、それは「生きた心地がしなかった」という。だからといって、娘は飛行機に乗るのが嫌いなのではなく、「揺れる」という体験に少し不安を感じるようなのだ。

特に今回は頼れる家族のいない旅だから、よけいに不安な思いが強かったのかもしれない。だから「祈っててね」などという言葉になったのだろう。空港でその言葉を聞いた私は、すかさず、

「大丈夫よ、飛行機なんてそんなに簡単に落ちるもんじゃないから」ときっぱり言った。すると娘は、

「すごい自信だね」と羨《うらや》ましそうに言う。

「ママはね、十年近くもずっと飛行機に乗っていたのよ。でもこんなにピンピンしてるじゃない」

「そうだね」と娘は言った。

こんな会話で、どこまで彼女の不安が取り除かれたかは知らないが、私たち二人は握手《あくしゅ》して別れた。

かつて私は長男が一人暮らしを始めた時、彼のことが常に思い出されて心配なこと

があった。家事をしながらでも、気がつくと「今頃どうしてるだろうか」などと考えているのだ。その心配する心が、また私にとって負担でもあった。そんなある時、ふと「そうだ、彼のことをあれこれ心配するよりは、彼が毎日幸せでありますようにと祈る方が、よほど建設的で、積極的な行為ではないか」と考えた。それ以来、息子のことが気になった時には、心配な思いを彼の幸せを祈る思いに切り替えることにした。

「心配する」という行為には、それによって相手が少しでも良い方向に向かってほしいという願いがこめられている。しかし、私たちの心には創造する力があるので、悪い結果が起こることを心配しすぎると、実際には、心配した通りの悪いことが起こってしまうことがある。だから、「悪いこと」を心に印象づけて心配するよりも、「善いこと」を心に描いて祈る方が建設的で、積極的である。この切り替えは、初めのうちは不自然でぎこちなく、心もとない気さえする。ところが意識的に心のモードの変換を繰り返していると、いつのまにか定着して、切り替えが自然にできるようになってくる。それに、よけいな取り越し苦労から解放されて、心の自由が得られるというおまけもある。

出かけて行った娘

米なす、二センチ位の
輪切りにして、フライパン
で焼きました、
上に鶏みそを
かけて食べ
ました、
おいしかった
です。
暁子から、
英文のメールが
届いて、安心しま
した、
七月二十二日

だから今回も私は、娘との成田でのやり取りや電話の問題で、心が少し乱れ気味ではあったが、彼女が遠い外国で楽しく過ごしていることを心に思い浮かべ、彼女にとって実りある日々であるようにと祈っている。

共感する心

朝、庭に出ると、金木犀《きんもくせい》の香りがそこはかとなく漂っている。

それは大抵《たいてい》、秋の初めの澄み切った、少しひんやりした空気の日。そんな時、私は夫の母に「金木犀の香りがしましたね」と、何か良いことがあったように話す。すると、母も心から同意してくれる。

これと似たことは、一年に何回もある。氷が張った、梅が咲いた、木蓮《もくれん》が散った、鈴虫が孵《かえ》った、ヒグラシが鳴いた……お互いにこう言い合っては、母と私はささやかな季節の変化を数えきれないほど確認する。こういう季節の確認は、この国の風土から来ていて、多くの日本人が様々な相手と同様の感覚を共有しているのだと思う。

ヒグラシが鳴いたのは九月半ばのことだった。そのことを話すと、母は、

「ニューヨークのテロのニュースが心を暗くしていたけど、ヒグラシの澄み切った声を聞いて、何だかほっとしたわ」

と言った。

ニューヨークの世界貿易センタービルの壁面に、旅客機が突っ込んで行く、まさにハリウッド映画さながらの光景は、世界中の人々の心に大きな衝撃を与えた。それは自分達の生きている世界が、一歩間違えば奈落《ならく》の底に突き落とされるような危険をはらんでいることを、見せつけた事件だった。また、この地球上の人類が、平和を望むにはまだまだ未熟な段階にあることも教えてくれた。

私自身はそのニュースを、朝五時四五分過ぎに、ラジオのニュースから聞いた。いつもなら、その時間は健康についての放送が流れていたので、最初のうちはアナウンサーの言っていることが良く理解できなかった。しかし、やがて大変な事件が起きたことを知り、胸が塞《ふさ》がれるような重苦しい気持ちになった。

ニューヨークは、私にとって特別な町である。スチュワーデス時代に何度も訪れたというだけでなく、結婚前の二年間、夫はこの街の大学に留学していたので、私たちは何度かニューヨークで会った。

真冬のニューヨークが特に印象深く、道路を歩いていると、鉄格子《てつごうし》の嵌《は》められた歩道のそこここから、地下に暖房用に通っている蒸気が白く吹き上げて来る。そんな中を、グリニッジ・ビレッジやタイムズ・スクエア、ソーホーなどに向かってよく歩いた。日本食に飢えていた夫と、札幌ラーメンを食べに行ったこともあった。

しかし、そんなニューヨークも今は、未曾有《みぞう》の悲劇を経験して傷ついているのだろう。事件の現場を目の前にすると、その衝撃的な光景に言葉を失うという。

アメリカとタリバーンの関係は、この文章を書いている時点（十月初め）では、今後の展開が予測できない。しかし、誰もが願うことは、なるべく犠牲を出さない解決だと思う。私などは〝ウルトラC〟が成就して、大団円《だいだんえん》の結末にでもならないかなどと、国際政治の専門家から馬鹿にされそうなことを願っている。それは、焦点の人、ビンラディンの引渡しだ。前国連難民高等弁務官の緒方貞子《おがたさだこ》さんも「それができれば最高です」と新聞社のインタビューに答えていたから、あながち見当外《はず》れではないかもしれない。

とはいえ、今回のテロ事件は、私たちが今生きている地球が、情報化とボーダーレス化が進み、国と国との関係も、人と人との関係も、さらに人々が抱く信念や信仰の関係も、かつてのように別々で、バラバラの状態ではいけないということを、衝撃的な形で目の前に示したのである。北と南、富める国と貧しい国、そんな風に多くの国々の間に簡単な線引きをして、一方を排除したり、悲惨《ひさん》な状態を放置していてはならない。「遠くの外国のこと」と思って生きていることはできないのだろう。この貧富の差、考え方のギャップは、地球に住む人類全体で作ったものだから、私たちがそれに責任を持ち、ギャップを埋め、誤解を消していく。そんな課題を、新世紀の私たちは背負っているのだと思う。

一方、人間の世界がどんなに混乱しても、季節は巡《めぐ》り、花は咲き、鳥はうたう。母が言ったように、そんな自然の恵みに目を向けられる時、人の心は救われる。人間の悩みがどんなに深くても、お互いに共有できる価値を見出せる時、そこに暖かい心の交流が起こるだろう。「敵」「味方」に世界を分けるのではなく、人間としての共通項を認め合い、協力し合う方向に、世界は向かっていけばと願う。

理想に生きる

山本周五郎の小説『日本婦道記《ふどうき》』を二十数年ぶりに読んだ。この作品は私の二十歳の頃の愛読書で、そこに登場する女性達のような生き方に、その頃の私は一種の憧れを抱いていた。

これは江戸時代の武家の女性の生活を描いたもので、本当にこんな立派な女性がいたのだろうかと、疑いたくなるようなところもあるのだが、話の構成の巧《たく》みさや、人間の本質に迫《せま》る表現に感動させられたものだった。未知なる自分の未来に限りない夢を描いていた二十代の私には、この本に描かれている女性達の、自己犠牲の極致のような生き方は、女性の真の強さを表わしているようで、理想的に思われた。そして私自身もそのような生き方がしたい、またできるだろうと思っていたのも事実である。

やがて私も結婚し、人生の〝教科書〟のように思っていたこの本も、いつのまにか読むこともなくなっていた。たまにその中の一節を思い出すことはあっても、私の生活の中で大きな位置を占めることはなかった。ところが近頃、二十代の自分の考えていたことは、四十代の自分とどういう関係があるのだろうかという疑問がふと浮かんできて、久しぶりに『日本婦道記』を読んだ。

読み始めはタイムスリップしたようで少し抵抗を感じた。しかし、読み進むうちに、いつのまにか話の中に引き込まれている自分を見出した。エッセイやノンフィクションを読むことが多い私は、本を読んで泣くことはあまりない。が、この本の場合は時には涙さえ流して読んでいた。

「人間の心の奥深い所にある初心、あるいは初志は、歳をとったからといって変わるものではない、むしろ歳を重ねるほどにより鮮明になってくる」

こんな意味の言葉をどこかで読んだことがある。人の個性あるいは傾向というものは、一人の人間の一生を通して変わらないものがあり、それを人格というのだろう。

私の物事に対する基本的な感じ方は、二十代の頃とさほど変わっていないということが分かった。強いて違いを挙げれば、現実は理想のようにはいかないことを知り、『日本婦道記』にある女性達のような生き方は、真似をしようと思ってもそう簡単にできるものではないという事実を知ったことだと思う。

この作品の中の「糸車」という話には泣かされた。十九歳の主人公「お高」は卒中を病んで勤めをひいた父親と、十歳の弟との三人暮らしだ。身分の軽い武家の貧しい暮らしの中で、彼女は家計を助けるために、藩の大切な産物である木綿糸を繰《く》る内職を懸命にしている。つましい暮らしの中でも、お高は豊かな気持で明るく暮らしていた。母は弟が三歳の時亡くなっていた。

実は彼女はほんの幼い時、大変困窮していた家から今の家に貰われてきたのだった。ところが彼女の実父はその後出世し、今では豊かに暮らしている。よそにあげた子が貧しい暮らしをしていると知った実父母は、娘を不憫《ふびん》に思い、養父に対して今までの養育費を払うから、娘を引き取りたいと申し出るのだ。養父もその方がお高の幸せになると承知する。しかし、お高はそれを拒《こば》むのだ。養父と弟のいる家が自分の家だと主張し、自分だけ実家に帰って豊かな暮らしをすることはできない、それは自分にとって幸せにならないと養父に訴える。そして養父も、ついにお高の願いを受け入れる。最後に養父は、弟に「おまえ成人したら姉上をずいぶん仕合せにしてあげなければならないぞ。姉上は、この父とおまえのために、仕合せになる運を捨ててくれたのだ」と言うのだった。

物質的に豊かに暮らすことが幸せなのか、それとも貧しくとも心の通う家族との暮らしが幸せなのか。このお高の生き方は、自己犠牲のように見えて決してそうではなく、自らの意志で後者を選んだのだと思う。

この本に出てくる女性達は、夫のため、あるいは子供のために、真心でつくす。そうすることが女の役目だから、あるいはそれしか生きる道がないから、というような消極的な姿勢ではない。一人の人間として何が大切なのかをよく考え、誰かの意見に従うのではなく、自らの意志で自分の人生を貫くのだ。その自立した、信念のある女性達の生き方の根底には、深い愛と、理想実現のためには苦労を惜しまない高邁《こうまい》な精神が流れている。それが、読む人の心を清め、惹《ひ》きつけずにはおかない。美しい花を見て誰もがその美しさに異論を唱えることがないような、そんな真実があると私は改めて

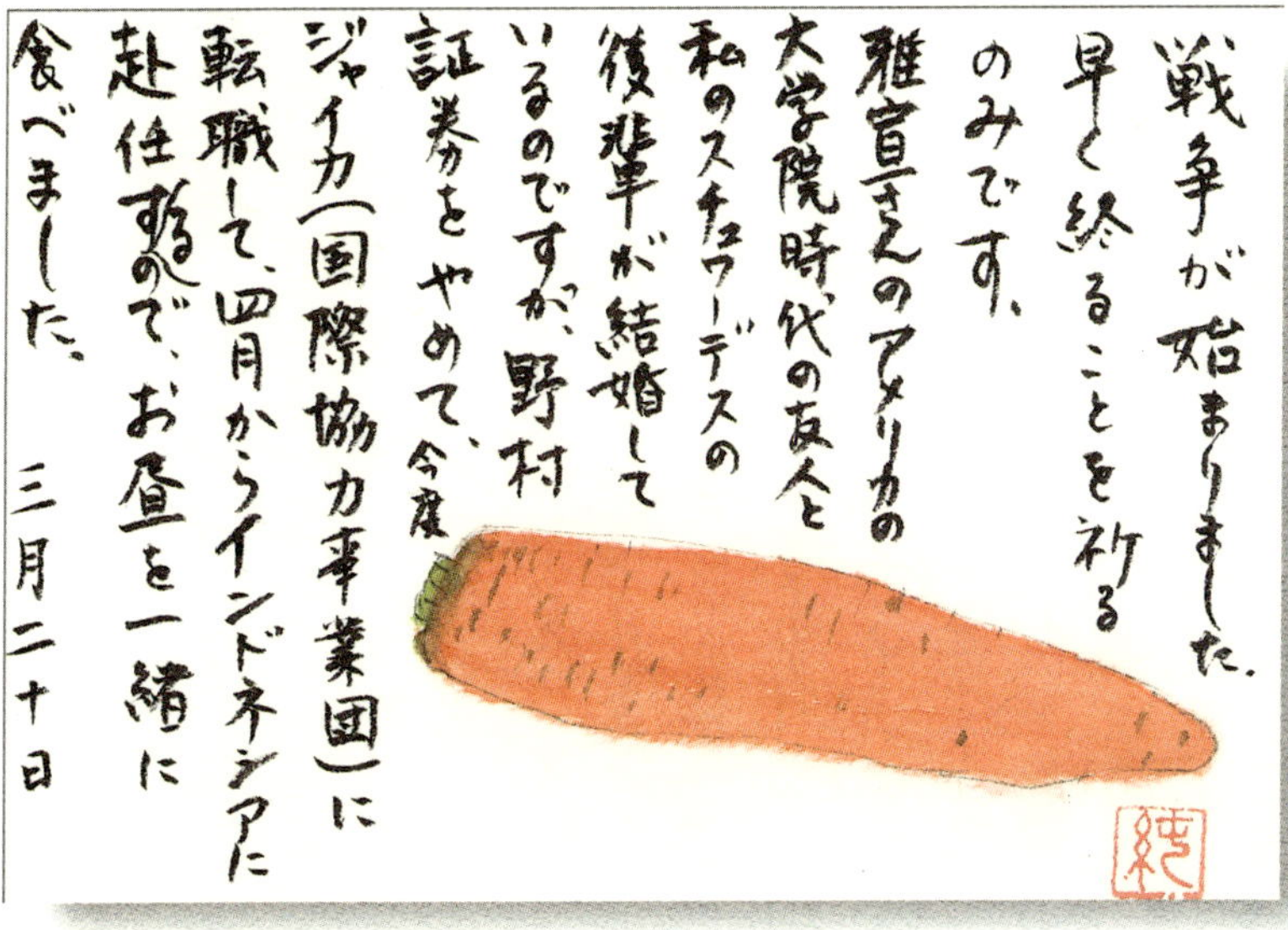
戦争が始まりました。
早く終ることを祈る
のみです。
雅宣さんのアメリカの
大学院時代の友人と
私のスチュワーデスの
後輩が結婚して
いるのですが、野村
証券をやめて、今度
ジャイカ（国際協力事業団）に
転職して、四月からインドネシアに
赴任するので、お昼を一緒に
食べました。
三月二十日
純

感じた。

『日本婦道記』という題に惑わされて、封建時代の虐《しいた》げられた女性の生活が描かれているなどという批評もあったようだ。著者自身も、この作品に対して向けられた「女性だけが不当な犠牲をはらっている」などという的外れな批評に対して、「女性だけが不当な犠牲を払っている小説など一編もない」と言っている。

久しぶりに読んでみて、自分では忘れていたが、私はこの作品に随分影響を受けていると感じた。今も私の考え方の根底には、『日本婦道記』の精神が色濃く息づいているようだ。女性に対する差別や不平等は解消されなくてはならないが、どんな時代にあっても、どんな環境にあっても結局は、その人自身がいかに自己内部の理想を生きるかが大切だということを、この本は教えてくれる。

もちろん、誰もがそう簡単に理想に忠実に生きられるわけではない。私自身にしても、理想と現実の間には隔《へだ》たりがある。しかし、その隔たりを埋《う》めようと、こつこつと地道に努力する生き方の中に、人生の充実感があるのだろう。

〝二人の自分〟の間で――

変化への恐れと挑戦

（二〇〇二年二月～二〇〇二年十月）

サポーターからパートナーへ

「この記事なかなか面白いよ」

テーブルを挟んで英文の『ヘラルド朝日』紙を読んでいた夫が、顔を上げて言った。

それは、日産自動車の社長兼CEO（最高経営責任者）であるカルロス・ゴーンさんのインタビュー記事だった。ゴーンさんは昨年秋に『ルネッサンス』（ダイヤモンド社）という本を出版したが、記事ではその本を書いた理由や、彼の個人的なバックグラウンド、それにビジネスの世界での経験などが語られていた。

その記事の中で、ゴーンさんが家族に関して語った部分が私の興味を引いた。

私は、ゴーンさんについては、日産自動車再建のためにフランスのルノー社から送られて来たフランス人、くらいの知識しかなかったが、その経歴は一般的な日本人の感覚からすれば、特異なものだった。彼はブラジル生まれのレバノン人で、学齢期をレバノンで過ごし、大学はフランスで終えている。その後ブラジル、アメリカ、フランスで仕事をし、いずれの地でも困難な仕事を任《まか》され、それぞれに目覚《めざま》しい成果を上げて、現在は日本にいるのである。こう書いただけでも、その多文化を横断する経験の豊かさとビジネスマンとしての手腕には、目を見張るものがある。が、加えて私が注目したのは、ゴーンさんの家族に対する考え方だった。

仕事に全力投球するゴーンさんだが、それと同じように家族との関係をとても大切にしているという。それを知って、私はゴーンさんに好感を持ったし、その影響力に期待も抱いた。というのは日本の仕事人間のお父さんたちに、もう少し家庭を省《かえり》みてほしいと他人事ながら以前から思っていたからだ。夜の九時や十時頃まで、毎日つき合いのお酒を飲んでいないで、週に何日かは、家族の起きている間に帰宅してほしいと思う。

多忙なゴーンさんは四人の子供達と過ごせる時間が、そんなに多くあるわけではないらしい。が、いったん帰宅したら、仕事のことは家に持ち込まないという。家族との時間を大切にし、日産の社長ではなく、「夫」そして「父親」になりきって過ごすそうだ。またゴーンさんは、奥さんのことを暮らしと仕事の両面で「パートナー」であると言っている。仕事で困難に直面した時は、自分より客観的な立場にいる奥さんに話し、奥さんはまたゴーンさんに、沢山の良いアドバイスをくれるともいう。夫婦であるから当たり前のことかもしれない。が、こういう関係は、日本人の夫婦の間にはあまり多くないと思う。

私は「社長に聞く」というような種類の新聞記事をよく読むが、はっきりと「妻はパートナー」と明言する日本人のビジネスマンには、ほとんどお目にかかったことがない。

日本人のビジネスマンあるいは男性は、概して家族や妻のことをあまり他人に話したがらない。それは、この国の文化が、女性とは、男性の影に隠れて、一歩あるいは二歩も、三歩も下がって行動するものだと考え、そのような「奥ゆかしさ」を美徳としてきたことと無関係ではないと思う。それを私は非難するつもりはない。どこの国の文化にも、過去には多かれ少なかれ女性に対する差別のようなものはあったし、「奥ゆかしさ」が謙虚さの表れであることもあるのだから。

それでも、私ははっきりと目に見える形で、女性を男性と対等に尊重し、共に生きていこうとする態度を見ると、うれしい。だからゴーンさんが、「妻はパートナー」と言うのを知り、強い味方を得たように思った。

そうは言っても「パートナーとして共に生きる」というのは、そう簡単なことではない。私自身、結婚の当初から夫の良きパートナーでありたいと思ってきた。そして夫もそのように扱ってくれた。しかし私の場合「パートナー」というよりは、「サポーター」の部分が大きかったのではと、近頃になって思う。サポーターというのは応援し支えるのだ。それは夫の力を信じているからこそではあるが、それだけでは相手に頼っていることになり、自分は高みの見物で、甘えているのだ。

パートナーとして影響し合えるということは、相手に対して自分ならではの価値を提供できるということだ。だから妻は、夫とは違う分野で常に向上することを心がけねばならない。

聖職者の驕り

フィリピン映画の本邦公開は初めてというので、一人でそれを観にいった。題名は『ホセ・リサール』という。スペインからの独立百周年を記念した作品で、フィリピンでは、過去の興行記録を塗り替えるほどの人気だったそうだ。題は、実在の人の名前である。

映画の時代背景は、日本でいえば明治維新から日清戦争の頃で、スペインの植民地だった当時、そこではカトリック教会が権勢をほしいままにしていた。その教会とスペインの圧政から祖国をいかに解放し、独立させるか。小説を書くことにより、人々の意識変革を目指した思想家が、ホセ・リサールであり、フィリピンの国民的英雄でもある。

スペイン支配下のフィリピンでは、カトリック教会が強大な力をもち、政治権力と一体となって非道《ひどう》の限りをつくしていた、と映画は描いている。農民に重税を課《か》し、従わない者は土地を取り上げられた。弱い立場の女や子供には、暴力を振るい弄《もてあそ》んだ、という厳しい描き方だった。

主人公のリサールは、裕福で敬虔《けいけん》なカトリック信者の家庭で育ったが、そのような国内の状況は、幼い彼の目の前に植民地支配の横暴を見せつけ、彼は次第にスペインの圧政から故国を解放する道を模索するようになっていく。

リサールは、暴力すなわちテロによる独立を提唱したわけではない。むしろ非暴力の姿勢を貫《つらぬ》いたが、彼の思想を信奉する叛乱《はんらん》勢力が反スペイン革命を起こしたことにより、彼はその首謀者とみなされ、三十五歳という若さで銃殺刑に処せられた。

あまりにも若く、不条理なリサールの死ではあったが、彼の思想はその後のアジア独立に大きな影響を与え、インドのガンジーやネールも、リサールを独立運動の殉教者として高く評価していた。

この映画の中で特に衝撃的なのは、カトリックの聖職者達の行動である。映画やテレビでは、短時間のうちに観客に状況を理解させるために、大げさに描くことがある。この映画の場合も、そういう目的があったのだろう。例えば、こんな風である。

――教会で人々に香炉《こうろ》を振りながら歩く司祭。その香りを受けようとする信者。その後ろからは献金袋を持った子供がついていく。次の場面では、献金を集めていた子供に司祭が、「献金を盗んだな、どこに隠した」と怒鳴る。泣き叫ぶ子供。ムチを打つ司祭。また、別のシーンでは、スペイン人と同じ権利を求めた三人のフィリピン人神父が、頭から袋をかぶせられ、反逆者として公開処刑される。

当時のカトリック教会やスペイン人が、すべて残虐行為をしたわけではないと思う。実際映画の中でも、リサールの弁護をしたスペイン人将校は、彼の人格と思想に共感して、本気で弁護にあたる。しかし、映画全体のトーンは、愛を説くキリスト教とはほど遠いところで、植民地支配が行われていたことを訴えている。

本来人々を正しく導き、心の平安や救いを与えるべき宗教者が、権力を利用して人身を苦しめるということは、あってはならないことである。まして宗教者という立場は、ある意味では無条件に人々から信じられ、時には「聖人」として見られることもある。そういう一般の人々の信頼を利用し、裏切るということが何故神を信じる人にできるのか。私には、彼等《かれら》が神の名を利用する〝悪魔〟にさえ見えた。

このようなことがどうして起こるのか。一つには、人間は、人を導く立場に置かれると、それだけで自分は他人よりも優れた人間であると思う傾向があること。また、宗教の信奉者は、自分達の教えだけが正しくて他は間違っていると考えがちだから、その教えを守るためには、少々の犠牲は仕方がないと、傲慢《ごうまん》な気持ちになる場合もあるからだろう。

こういう考え方をもった人が権力の座に着くと、独裁者になってしまう。聖職者といえ、人の子であることに変わりない。間違いを犯すこともあれば、失敗もあるに違いない。そんな弱い所も人間の中にはある。であればこそ、宗教の世界に身を置くものは、謙虚さと共に、地位や政治家など〝外の権威〟に頼らない厳しさが求められる。宗教という衣を纏《まと》うことによって、自分の行動の善悪の判断ができなくなることが、最も危険なことなのだ。

映画の中の聖職者があまりに横暴だったので、私はこんなふうに心を整理して納得してみるのだった。映画では、リサールの死後約二年経って、フィリピンがスペインから独立したシーンで終わっている。

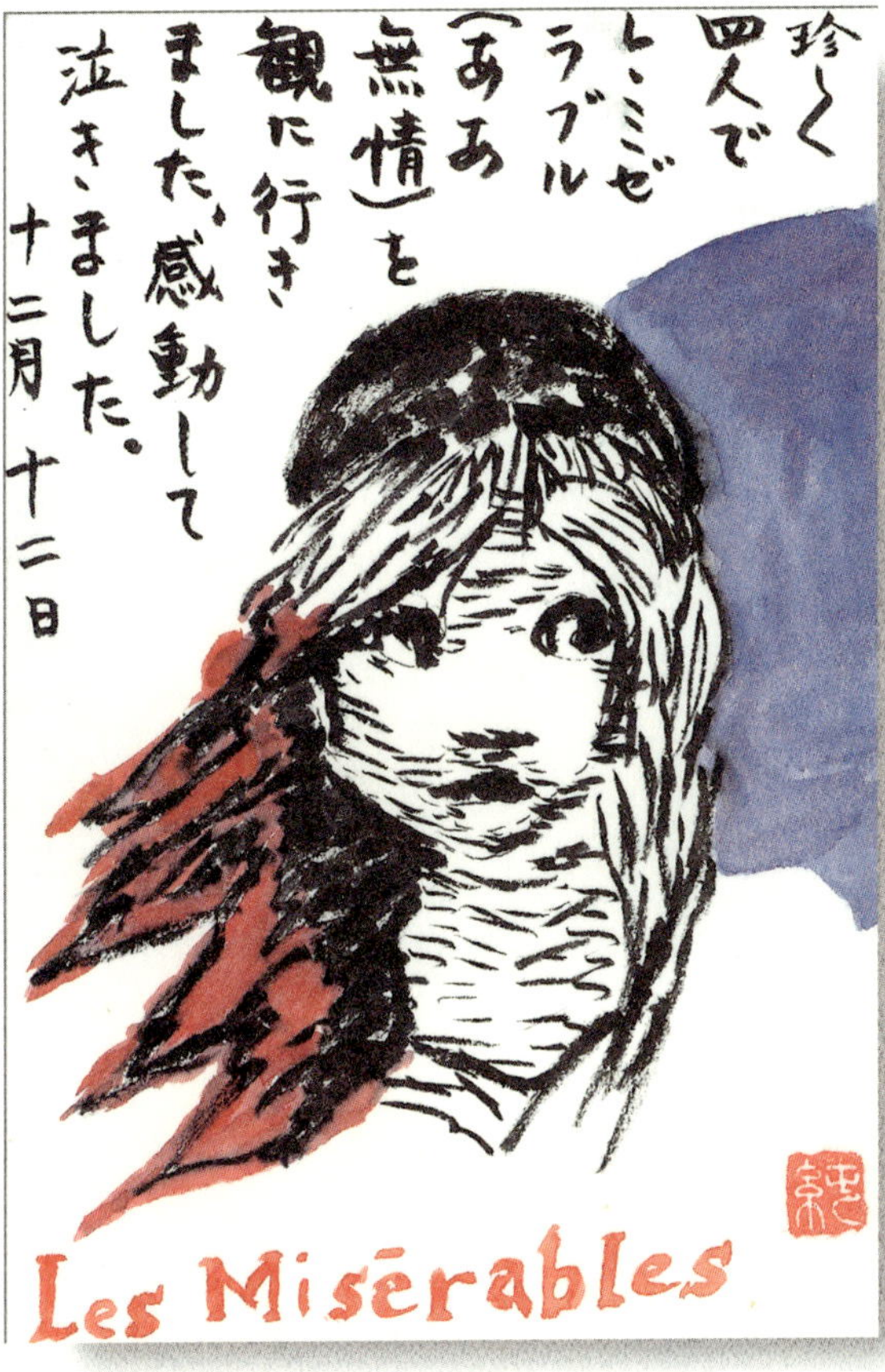
珍しく四人でレ・ミゼラブル（ああ無情）を観に行きました。感動して泣きました。
十二月十二日
Les Misērables

ある春の日に

　年明けからずっと寒さに備えて、しっかり身を引き締めて過ごしていたのに、季節はいつのまにか桃の節句から啓蟄《けいちつ》へと移り、空気は和《やわ》らいだ春三月になっていた。何時から春ときっちり線を引くことはできないが、身のまわりに張りつめていた寒気が消え、風の中にも水仙や沈丁花《じんちょうげ》のほのかな香りを感じ「ああ春とはこうだったんだ」と思い出す。ブーツで足を守り、コートの襟を立てなくても良い軽やかさに、心が弾む。木々は芽吹き、花は次々に開き、そこここに命の躍動が感じられるこの季節。それが早春特有の解放感なのだ。

　そんなある日、私は近所の郵便局で料金の振り込みをした。小さな郵便局だが、原宿の賑やかな表通りのすぐ裏にあるから、混雑していることも多い。その日、私が手続きを依頼した窓口の女性は、二十歳を少し過ぎたくらいの年齢に見える。もちろん顔は前から知っている。その郵便局には三、四人の女性がいるようだ。彼女はその中で一番新しい。というのは、二年ほど前に彼女が郵便局の職員になったばかりの頃、先輩に教えられながら、とても緊張して「超」がつくほど真剣な面持《おもも》ちで、窓口の仕事に取り組んでいた姿を覚えていたからだ。やがて仕事にも慣れたようで、近頃はてきぱきとこなすようになっていた。

彼女は、今風の若い女性のように髪を茶色に染めているわけではないし、お化粧もほとんどしていない。やや四角張った大きめの顔は、決して美人というわけでもない。郵便局の職員用の濃い緑の制服を着て、髪を後ろに一つに結んでいる。見ようによっては「ダサい」と言われるかもしれない。若いのに、そんな感じの人なのだ。しかし、彼女の仕事上の応対には、いつも誠実さが感じられる。窓口の仕事に誠心誠意取り組んでいる。そういう雰囲気が、こちらにも伝わってくる。

私は彼女のいる窓口での用事を終えて、それから現金自動預け払い機の横に並んだ。小さな郵便局だから、機械の前で一人が操作をしていると、その後ろに人が並ぶスペースがない。だから後続の人は、機械の横にぴったりとくっついて順番を待たなくてはいけない。その時機械の前にいた四十代半ばのスーツを着た男性は、操作が上手《うま》く行かないようでモタモタしていた。そして窓口の方に出てきて、「通帳が入らないんだけど」とその女性に訴えた。

彼女は「はい」と答えて、すぐ席を立った。利用者の少ない時間帯だったから、そうできたのだろう。少しの間、彼女の姿は見えなくなり、やがて建物の外から入ってきた。裏口から出て、表にまわってきたようだ。機械は故障していたのではなく、男性の入れ方が悪かったようで、彼女が「左側にあわせてください」などと言っている声が聞こえた。そして機械はすぐ正常に作動した。彼女の制服のスカートは少しダブダブで、足にはつっかけをはいているのに、私は気がついた。

格好がいいとかスマートだというのとは程遠い姿だった。にもかかわらず、彼女のその日の仕事振りと立ち居振舞いを見て、私は「良い仕事をしているな」と思った。彼女がその仕事を大切に思っていることが、感じられたからだ。

郵便局の窓口の仕事というのは、特別に人の注目を浴びるようなものではない。しかし仕事というものは、それをする人の姿勢によって、その価値が高くも低くもなるものだ。自分の仕事に価値を感じている人の仕事は、それを見る人にも価値を感じさせる。私は彼女に「あなたの人生にはきっと良いことがありますよ」と言ってあげたかった。

それから二、三日後のお昼前、私は郵便局近くの路上を歩いていた。その時彼女が、どこかのコンビニで買ってきたらしいお弁当の袋を持って歩いて来るのと、偶然行き会った。その辺りでは時々郵便局の人を見かけることはある。しかし挨拶を交わしたことはなかった。ところが彼女は私と目が合うと

「アッ、こんにちは」と頭を下げた。

思いがけないことだった。顔を憶えていても、礼をするとは思わなかった。私もすぐに「こんにちは」と返礼した。私が普段から抱いている好意を、彼女の方も感じていたのかもしれない。

見過ごしてしまいそうな、ささやかな日常の出来事だが、人との心の交流を感じるのは楽しい。まして季節は春だから、気分はなおさら爽やかだった。

バスの中で

私の住んでいる東京・原宿という町は、ブランド物の洋装店が軒《のき》を並べるオシャレな町として、テレビや雑誌などに取り上げられることが多い。だから、若者やブランド志向の人にとって魅力的なのだろう、休日ともなれば表通りは人で溢れかえる。しかし、その地で生活する者にとっては、少し不便な面もある。交通の便はとても良いが、日常生活に必要な食料品や日用雑貨を売っている店が近所にはなく、それらを買うためには、青山のスーパーや、渋谷のデパートまで足を伸ばさなければならない。近所にコンビニは何軒かあるが、そこで全てを賄《まかな》うことはできない。そこで私は、週に一、二回は渋谷に買い物に出かける。

私の家では食料品は、無農薬、自然食品を扱っている会社と契約をして、週一回宅配をしてもらっている。しかし生活必需品は他にもある。先日も、春用の家族のスリッパなどを買いに渋谷に出かけた。そんな時、行きは歩いていくが、帰りは荷物が多くなればバスに乗ることが多い。その日も買い物で両手が一杯だったので、バスに乗ろうと思った。バスは、渋谷駅近くの停留所が始発となっている。

停留所に向かって歩いて行くと、すでに停まっているバスが見えた。私はそれに急いで乗った。車内は、座席の三分の一くらいが人で埋まっていた。私は二番目の停留所で降りるから、進行方向に向かって右側の、前から五、六番目の一人がけの席に着いた。そこは、ちょうど出口の向かい側にあたる。荷物を足元と膝の上に置いて一息つき、ふと左前方を見ると、若い女性二人が目に入った。横に三席並んでいる、老人や障害者用の「優先席」に堂々と座っているのだ。その席は出口のドアのすぐ隣で、普段はお年寄りが乗っているか、混み合ってない場合は空席になっていることが多い。

この二人は、ピンクや黄色の原色の服に、裾にレースがついた、大きなフレアーのあるスカートを穿《は》いていた。足には、高さ十センチはありそうな厚底の靴《くつ》を履《は》いている。私に近い方の一人は、目の周りが黒く太く縁取られていて、パンダを思わせるような顔をしていた。二人の足の前には、大きな紙袋が三つ無造作に置かれていて、通行の妨げになっている。そして、パンダ顔の人は、赤い手鏡を出して、お化粧直しに余念がない。その態度は、まさに「傍若無人《ぼうじゃくぶじん》」という感じである。

車内が混んでいないときは、優先席は空けてあるのが普通だ。だから、その二人を見た時、私は「あれっ」と思った。そして、他に空席がないか確かめようと、バスの後部を見た。すると席は、まだ沢山空いているのだ。こうなると、その不合理な事態を放っておくことが、私にはできない。

しかし、一瞬迷った。世の中のルールは関係ないという態度の若者に注意するには、勇気がいる。「なによ、おばさん」と反抗されはしないか。あるいは無視されるかもしれないと思ったからだ。しかし、この状況を見過ごすことの気持ち悪さに比べると、反抗や無視の方がまだましだ。そこで私は、

「ここは優先席ですよ。おばあさま達が乗っていらっしゃるから……」と二人に言った。

ちょうどその時、杖をついた七十歳位の女性がバスに乗ってきた。そして、私の二

つ前の席に座った。

若い女性達は、特に反応を示さなかったが、私の言葉を聞いた後、ちょっと間を置いてから、荷物を持って後ろの空席に移動した。「ああ、分かってくれたのか」と、私はホッとした。

その時、私の後ろの席に座っていた女性が、「よくぞ言って下さいました」と、私に声をかけた。四十代後半の、きちんとした服装の奥様風の人だった。その人も、私と同じように思っていたことを知って、私は安堵《あんど》した。静かな車内でとった、うるさ型の行動に対する気恥ずかしさは、私の中で和《やわ》らいでいった。

ところで、席を移動していった若い二人は、どうだったろうか。後部にも空席は沢山あったので、彼女たちは席を広くとり、気まずさを紛らわすためか、少し大きな声を出して、ぺちゃくちゃとお喋りを始めていた。

その時私は、人を注意することの難しさを感じた。

注意を受けたからとはいえ、彼女たちは素直に席を移ったのである。単に「優先席」に気がついていなかったのかもしれない。また、気がついていても、お年寄りが乗ってきたら、席を空けるつもりだったのかもしれない。私は、その二人を見た瞬間、「悪い」という思いが先に立って、それを指摘することしか考えなかった。彼女たちが気持ちよく席を移れるような、もう少し思いやりのある言葉をかけられなかったかと、少し悔やまれた。

表面には見えない人間の良心を、上手く引き出すことの難しさを、つくづく感じた。

バスの中で

今日は英語でした。
帰りに渋谷で
かきを買いました。
バス停でバスを
待つのが寒い
季節になり
ました。
十一月二十六日
じゅんこ

〝二人の自分〟の間で

四月半ば、八ヶ岳南麓の標高千二百メートルの高さにある山荘の周りでは、ダンコウバイというクスノキ科の低木の黄色い花だけが咲いていた。緑といえば、わずかにマツの葉が見えるだけで、ほかは裸木ばかりの、茶色と褐色の単調な風景だった。ところが、それから約半月後の五月、ゴールデンウイークの後半に同じ場所に行った時は、山は目映《まばゆ》いばかりの新緑で覆われ、ヤマザクラが満開だった。ほんの二十日ばかりの間に起こった高地の自然の急激な変化に、私は目を見張った。

去年も同じような風景を目にしたはずだったが、当時は山荘がまだできていなかったので、そういう変化に気づかなかった。ところが今年、山荘に数泊しながら、目の前の現実として自然の変化をじっくりと味わう時間がもてるようになると、新たな発見がいくつもある。それは一見、同じ季節の繰り返しのように見えるが、決してそうではない。山荘の隣地の草は、あれほど伸びていなかったろうし、ダンコウバイの木の一本は今は枯れているが、去年は花をいっぱいつけていたかもしれない。また、あのタラの木はもっと背が低かったし、その隣のカラマツの幹は、シカに皮を剝《む》かれていなかっただろう。その時、その一瞬だけの貴重な景色がそこにはある。

そんな思いをして東京に帰ったある日、洗濯物を畳《たた》んでいたら、娘が学校に履《は》いていく靴下《くつした》がほころびているのを見つけた。繕《つくろ》いながらふと、今は離れて暮らす二人の息子のことが頭を過《よぎ》った。彼らはボタンが取れたり、服のどこかがほころびたとき、どうしているのだろうかと思う。そして、もう特別なことがないかぎり、私は彼らのために針と糸を持つことはないだろうと思うと、急に淋しさがこみあげてきた。普段は彼らなりに元気で暮らしているだろうと、あまり心配することもないのだが、ふとした瞬間に母親の〝執着〟とも思える感傷が、頭をもたげることがある。しかしすぐ、それは彼らの生長のしるしであり、人は皆そうして母親から自立していくのだと納得して、ざわつく胸の思いを納めるのだった。

私はまた毎日故郷の両親に宛《あ》てて、絵手紙を描いている。描きながらこの絵手紙は、いつまで送ることができるだろうか、と思うことがある。できればずっと描き続けたいのが、人情だ。しかしそうできないのが、この世の定めでもある。だから今日の日も描けることに感謝し、両親の健康を願っている。

人の暮らしはこうして変化していくのだろう。変化しながら、私の日常は基本的な部分では変わりなく過ぎていく。特別なことは何もなく、ごく当たり前の生活は続くが、季節の変化のような、新しい動きが底流では起こっているような気がする。

夫の休日に山梨の山荘に出かけるようになったのも、その一つだ。新しい経験もいくつか重ねた。私はそれまで、時速百キロ前後のスピードで走る高速道路の運転は苦手だった。しかし、時々夫に替わって運転するようになり、新たな挑戦となった。大げさに聞こえるかもしれないが、最初は緊張して手に汗を握ったものだ。いまだに高速運転では体が硬《かた》くなるが、慣れてみると想像していたほど怖くはない。これは、私にとって不可能を可能にした出来事だったから、嬉しい経験といえる。

さらに往復の車中で助手席に座った方が、短編小説などを声に出して読むことがある。私達夫婦は普段小説など読むことはないが、往復の時間が充分あるので、話題の小説などを朗読してみた。すると、窓外に展開する変化に富んだ景色が、小説の舞台を目《ま》の当たりに見せるような不思議な効果を生み、同じ場所での読書では味わえない、映画にも似た臨場感を与えてくれるのだ。

こんな経験は、ほんの二年位前には考えられなかった。人生は、小さな変化が思いがけない展開を生み、新しい経験へと導いてくれるから、なかなか面白い。これはまた、子供の〝巣立ち〟という一種物悲しい経験をすることによって、私の心の中に生まれた変化の結果でもある。

私の中には、こういう変化を恐れる自分と、それを受け入れて更に進歩したいと願う自分がいる。この〝二人の自分〟の間を揺れ動きながら、私は人生のその時その場に展《ひら》ける景色を、充分味わいたいと思う。変化は時に、私に能力以上のものを求めるように感じ、それにたじろぐこともある。しかし、高速運転に挑《いど》んだように、私はそれをも楽しみに変えていきたいと願っている。

理想をもち、語ること

エッセイストで大学教授の木村治美さんが、「あるべき理想を声に出して語ろう」と題して『産経新聞』の「正論」欄に書いておられた。

それによると木村さんは、中学一年の夏、終戦を迎えたそうだ。敗戦によって社会の価値観が一八〇度転換した当時、木村さんは十三歳で、まだ物事をしっかり判断できない年齢であった。しかし感受性の敏感な時期だから、社会の変化の影響を大きく受ける。そんな頃、「教科書を墨で塗りつぶす」という作業をさせられたことが、木村さんにはもっとも強烈な記憶として残っているという。

教師をはじめとする大人たちの手のひらを返したような変節、教育の場で最も大切に扱われていた教育勅語の廃棄。そういう一連の経験を経て、木村さんが身につけた

のは、「猜疑心《さいぎしん》」であり「斜《しゃ》に構える姿勢」だったという。理想や道徳を説く人を、胡《う》散臭《さんくさ》く感じる性癖が身についたそうだ。

私はその記事を読んで、数日前に見た『活きる』という中国映画との共通性を思い起こしていた。この話は、一九四〇年代から七〇年代にかけて、中国のある一家の生活を描いた物語である。

映画の主人公・福貴《フークイ》は裕福な地主の息子で、四〇年代中国が日中戦争から国共内戦へと進む動乱の時代にあった中でも、サイコロ博打《ばくち》に明け暮れていた。そして、その賭けの借金が膨大《ぼうだい》なものとなり、そのかたとしてついに先祖代々の家屋敷を取られ、一文無しになる。

働くことを知らない福貴であったが、家族を養うために、この時初めて仕事につく。それは、道楽でやっていた影絵芝居の唱《うた》を生かし、地方を巡業することだった。そんな彼も、やがて内戦に巻き込まれ、国民党軍に徴用される。そして人民解放軍の攻撃にあい、捕虜となるが、影絵芝居の才能を買われたため、従軍しながら芝居を演じる生活をする。そして、一九四九年、中華人民共和国の樹立が宣言された時、福貴は命からがら家族のもとに帰っていったのである。

建国後、共産党は地主から土地を取り上げ、農民に分け与える政策を取った。福貴から博打で家屋敷を奪った男は、政府の接収に抵抗したため、反動的地主として処刑される。

その後の中国は、共産主義革命による「大躍進」の掛け声のもと、国を挙げて農業、工業生産向上に突き進む。福貴も町の人々と熱心に参加した。しかし一九六〇年代半ばには、文化大革命が始まり、それまで革命を推進してきたはずの社会の中枢《ちゅうすう》にあった人々は、「走資派」や「反動分子」として糾弾《きゅうだん》される。めまぐるしく変化する社会にあって、貧しい一市民だったがゆえに福貴は、どの時代も無事に生き延びていくことができたのだった。

昨日「赤」だったものが翌日には「白」になる。そして、次の日には「黒」になるというような、現代中国の激しい変化の中では、時代の風に逆らわずに生きることが、もっとも安全な方法だったようだ。

こんな話は、文化大革命の悲劇を描いた『ワイルド・スワン』や『上海の長い夜』

を読んでいた私は知っていたはずだが、映画の偉力というか今回改めて「中国の人々はなんという過酷な時代を生きてきたのか」と、隣人の身の上を気の毒に思う気持ちになった。そして、彼等は今どんな価値基準をもって生きているのだろうかと考えていた。

そんな時に木村さんの「正論」での主張を読んだのだ。そして、私の国にもかつてそのようなことがあったのだと、今更ながら思い及んだ。人間の社会には、時に残酷なことが起きるものだ。でもいかに社会が変化しようと、その中で人は生きていく。いや、生きていかなくてはならない。その結果、人々が身につけるのは、日和見《ひよりみ》主義的な生き方であったり、迎合《げいごう》主義、あるいは木村さんのような懐疑主義だったかもしれない。

木村さんは「正論」の中で、過去を否定されたことにより、理想や道徳に対するアレルギーのようなものを持つようになったと述べておられる。それらの後遺症とも言うべきものとして、現在の日本の公人、私人の腐敗があるのでないかと自らも反省し、最後に「あるべき理想を、声に出して語ろう」と結んでおられる。

急激な社会の変化を経験した人の心の中には、時代の価値観がいつまたひっくり返るかもしれないという不安や不信感が生まれてくるのも、自然な成り行きかもしれない。戦後生まれの私は、自分の理想や夢、そして人としての在るべき姿を追い求めることに、ずっと疑いを持つことはなかった。それは平和な時代に生まれた者に与えられた、恩恵かもしれないと有難く思う。

しかし、子供の頃に教え込まれた理想や道徳的価値を否定されたため、長く懐疑心をもち続けた木村さんのような人が、今「理想を声に出して語ろう」と主張されるのを聞くと、どんな時代にあっても、理想や夢を持つことがいかに大切かが分かる。そして本来、希望や理想を持たずにはいられないのが、人間の本性ではないかとも思うのだ。

東京は雨、長崎も
小雨でしたが、こちらは
とても暖かです。
東京が寒かったので、
うすいコートを着て
来ましたが、ブラウス
一枚で良い位です。
庭先には、夏の花が
咲いています。
十一月二十日
からすうり

鍬の手応え

「ここの開拓《かいたく》一世の苦労話は、聞くも涙、語るも涙の物語ですよ」

私達の八ヶ岳南麓の山荘を設計してくれたNさんは、山荘の設計の打ち合わせをしていた時、昭和初期の南麓の開拓者の苦労についてそんな風に話していた。Nさん自身は東京生まれで、東京育ちだが、五、六年前家族と一緒に八ヶ岳南麓に移り住んだという。三十代後半の、潑剌《はつらつ》とした、運動家タイプの建築設計士である。

当時は現代のような暖房設備のなかった時代だから、夏はまだしも、寒さの厳しい高冷地の冬は、さぞ大変な思いをしたことだろうと、私はその話を聞いて簡単に状況を想像し、納得していた。

それがもっと身近なものとして感じられるようになったのは、生まれて初めて鍬《くわ》を持

ち、初夏の強い陽射しの中で、山荘の庭を掘り返した時のことだった。

買ってきた庭木を植えるために、地面を掘り返し始めたのだが、「歯が立たない」とはこういうことを言うのかと思うほど、土の中には大小様々の石がうまっているのだ。私は一メートルばかりの丈の木を植えるために、五十センチ四方の土を耕《たがや》しただけだった。そんなせまい平面にもかかわらず際限なく出てくる石に、気の遠くなるような思いを抱きながら石を拾い、脇へ放り、また鍬を入れ、土を掘り返す。そして、いちおう植物の根がはれるくらいの、石がゴロゴロしない程度の土にした。

終わってみると、腕から腰のあたりに慣れない力を入れたためか、腰砕けのようになって全身に疲労感が残る。「なんという体《てい》たらく」と不甲斐なさを感じるが、普段鍛えていない体は正直である。

「この辺《あた》りの土地は瓦礫《がれき》ばかりで、まともには付き合えませんよ」――そんな言葉も何度か聞いた。聞いてはいたが、少し下へいけば、見渡すかぎりの畑があるし、作物は豊かに育っている。また、家々の庭先では、多くの花が目を楽しませてくれる。冷涼で乾燥している土地柄からか、花の色も勢いも東京に比べて良いようだった。

だから、その言葉の意味をあまり深く考えずに受け止めていた。しかし実際には、作物を育て、花を咲かせるためには、その日の私の何十倍、何百倍、あるいは何千倍もの努力を人々が毎日繰り返してきたことによって、八ヶ岳南麓の現在があるのだということが、腕や腰の痛みを自ら経験することによって、私にもようやく理解できるようになってきた。

八ヶ岳南麓は昭和八年、当時の農村不況に対応するために、開墾《かいこん》事業が始められた。しかし、その土地は悪条件だったため、長い間放置されていたそうだ。その頃、東京市（当時）では人口の増加と商工業の発展によって、水の確保が差し迫った問題となっていた。そして多摩川源流の小河内《おごうち》村に、ダムが建設されることになった。

ダム建設のためには、「村の水没」という犠牲を払わなければならない。小河内村だけでなく、山梨県側の丹波山村と小菅村も、小河内ダムのために水没する運命をたどった。その時、先祖伝来《でんらい》の住みなれた土地を奪われた人々――中でも自分の土地を持たない小作人に、新天地として示されたのが、満州か八ヶ岳での開拓だった。丹波山村と小菅村の二十八戸の人々は、外国である満州に行くよりは同じ山梨県を選び、クマザサが一面に生い茂《しげ》る八ヶ岳山麓の広大な原野に入植した。昭和十三年のことだという。

その日からNさんの言った「開拓者の労苦」が始まった。開拓者に県から支給されたのは、一本の鍬だけだった。それも私のように、楽しみのために開墾するのではない。土地を耕し、作物を植え、収穫し、自分達がそれによって生きながらえなくてはならないのだ。開拓の最初の年、入植した人々は様々な作物を植えたものの大半は失敗し、成功したのはソバだけだった。その痩せた土地をさらに改良し、色々な作物が育つようになるまでには、十年かかった。

水資源の整備には、もっと時間がかかった。東京に住む人々の水を確保するために生まれ故郷の村を追われた彼らだったが、行った先の開拓地が水不足で、「水汲《く》み」というつらい作業を日に何回もしなければならなかったのは、皮肉な話だ。蛇口《じゃぐち》をひねれば水が出る、当たり前の水道ができるまでには、三十年以上の年月を要したという。

近年、八ヶ岳高原は観光地、リゾート地として人気が出たため、夏の繁忙《はんぼう》期には東京のような賑《にぎ》わいを見せている。しかしそのような華やかな高原の観光地の陰に、このような開拓者のいたことはあまり知られていない。

それは八ヶ岳南麓に限ったことではない。現代の私達の豊かな生活の背後には、多くの先達《せんだつ》の苦労があったことは、つい忘れてしまう。平安な日々にこそ、先人の恩恵に感謝しなければならないと、私は改めて自分に言い聞かせた。そういうことは何度でも思い出さないと、人間は忘れてしまうものなのだと思う。鍬の歯にあたる石に開拓者の苦労を偲びつつ、私はそんな思いを新たにした。

父をもてなす

「長生きしとって良かったなあ」

伊勢弁で父が言った。横に座っていた母もしきりにうなずいていた。

今年の八月始め、私達夫婦は私の両親を山梨県大泉村にある山荘に招待した。母は昨年夏にすでに来ていたが父は初めてで、一度訪ねてみたいと以前から言っていた。

到着した日は、真夏の太陽が照りつける暑い日で、標高千二百メートルの高地も空気が綺麗《きれい》な分、陽射しはきつく汗ばむほどだった。だが夕方ともなれば爽やかな風が吹き、夏にはあまり姿を見せることのない甲斐駒ヶ岳を初めとする南アルプス連山もその勇姿《ゆうし》を現わして、両親を歓迎しているようだった。

夕食をその連山を望む山荘のデッキでしていた時、父が言ったのが冒頭の言葉である。多分に誇張があるかもしれないが、八十歳を間近にした人の言葉には、真実味が感じられた。

私の父は昭和二年広島県高田郡で生まれ、今年七十六歳である。父の人生の前半生は、波乱に満ちた困難なものだった。二歳で母を、そして四歳で父を、共に結核で亡くしている。だから伯父の家に引き取られ、小学校を卒業するまではそこで育てられた。その後遠縁にあたる広島市の家に奉公《ほうこう》に出た。その家は一人息子が戦争で召集され、夫婦二人で瀬戸物を扱う商店だった。父は、その息子代わりとして店の仕事をしながら、昼間は高等小学校へ通ったらしい。とはいえ奉公人だから、朝早くから夜遅くまで働いた。十三歳の少年にとっては厳しい生活だったと思う。

父を奉公に出したことについて、私が子供の頃、「おばあさん」と呼んでいた大伯母《おおおば》は、「行儀見習に出したのだ」と強く言っていた。大伯母にとっては、幼い甥《おい》を奉公に出さなければならなかったことが、心苦しく思われたのかもしれない。この大伯母は戦後すぐ夫を亡くしたがとても気丈な人で、八十八歳の米寿まで生きた。

私が結婚する前お墓参りに訪れた時、大伯母は古い裃《かみしも》を出してきて私に見せた。その裃の背には十六菊の紋が入っていた。それは小野家（私の実家）の紋であったが、明治維新の時皇室と同じでは畏れ多いということで、菊を半分お返しし現在の「半菊に一」の紋にしたという話を、大伯母は私にわざわざしてくれた。大伯母にとって谷口家に嫁ぐ私に対しての心配りであったと思う。それは「小野の家も由緒ある家だから、臆《おく》することなく嫁にいくように」という、私への餞《はなむけ》だったのだろう。

大伯母はそんな心配をしてくれたが、夫の父は家柄などを重要視しないし、私の夫にいたっては、半分冗談だろうが「馬の骨でいいのだ」などという人だった。

遠縁の家で四年近くを過ごした父は、十六の歳には、広島市の消防署に勤める。そして十八歳の夏被爆《ひばく》するのである。

消防署で朝の点呼が行われていた時、原爆が投下された。二階にいた父は、建物と一緒に吹き飛ばされた。しかしそれが幸いしたらしく、材木に保護される形で河に投げ出され、父は一命をとりとめた。しかし、その後二カ月ほどは下痢が止まらないなど、原爆症の症状が出た。消防署に勤めていた関係で、ビタミンCなどが与えられたが、戦後の混乱期で特効薬などはなく、柿の葉が効くなどと聞き煎じて飲んだらしい。

原爆投下後の広島の町には、夥しい数の死体が町中にあった。腐臭がする中を古い材木を櫓に組んで、それらの死体を焼く作業を、父は終戦までの約一週間にした。原爆投下直後の惨状とともに、「この世に地獄というものがあるとすれば、まさにあの時の光景はそうだった」と、父は最近眉をひそめて語った。

私は五人娘の長女だったが、私達が小さい頃、父は娘達には原爆の話を一切しなかった。私が小学生のとき父と一緒に広島の平和公園を訪れたが、父は原爆資料館には入らないようにと言った。子供が見るには酷《むご》すぎる場面だからという理由だった。

戦後三年ほど消防署に勤めた父は、その後母と出会い結婚し、三重県の伊勢で暮らすことになる。そして二人で布団店を始めるのだ。夫婦二人だけで始めた店だったが、幼い頃から苦労をし、色々な経験を積んできた父は、仕事が生きがいであり、趣味であるというような生き方をした。だから私が高校生の頃には、従業員が五十人ほどの商店になっていた。物心ついた時から、私の回りでは家や工場などいつも何かが新しく建設されているという状況だった。

そんな父ではあったが、大変な子煩悩《こぼんのう》で、学校が休みの日には、私達を遊園地や水

木のまな板が
きたなくなった
ので、リョービの
ランダムサン
ダーでけず
ったら、
新品のよう
にきれいに
なりました。
こういう
仕事をやり出すと、
おもしろくて、ついやりすぎ
てしまいます。
三月二十二日
RYOBI

族館、動物園、温泉、スキー等色々なところに連れて行ってくれた。自分が仕事で大阪や名古屋に行く時にも、広い社会を見なくてはと、子供連れもよくした。

今は仕事を私の妹夫婦にすべて任せて、家庭菜園に精を出している。とはいえ何事にものめり込むタイプだから、「農業は奥が深い」などと言いながら、家族ばかりでなく友人、知人に自分の作った無農薬の野菜を配り、それを生きがいにしているようだ。

両親が山荘に滞在した三日間、夫はメールをチェックするだけで、あとは両親のために使ってくれた。そんなことはついぞないことだから、私は気を使い夕食後など「あなた、どうぞお仕事してください」と言ったが、夫は「三日間はお父さん達のために空けたんだから、気にしなくてもいいよ」と言って、後片付け等を手伝ってくれた。

波乱万丈《はらんばんじょう》の人生をひたすら走り続けてきた父だったが、私の父になって半世紀後の今、どんな気持ちでいるのか私にはわからない。しかし、ほんの束の間《つかのま》ではあったが、南アルプスの見える澄み切った空の下で娘夫婦にもてなされ、心から寛《くつろ》げる時間が持てたのかもしれない。

「長生きしていて良かった」という父の言葉を聞いて、娘の私はそう思った。

一人でも始めよう

秋風が吹き始めた九月初旬の夕べ、外出先から帰宅した私は、勝手口に紙袋入りの宅配便が届いているのを見つけた。

袋の口からは赤や黄色の実がついた花茄子《なす》の枝が顔を出していて、手に持つとずっしり重い。送り主は、たまに手紙や野菜を送ってくださる人だった。袋の中からは、ポリ袋に小分けされた明日葉《あしたば》やつる紫、葉つきの人参などと共に、直径二十数センチの黒い西瓜《すいか》が出てきた。それぞれの袋には小さなメモがついていて、野菜の説明や調理方法などが記されている。

定年退職されたご主人が無農薬で作られたものを、奥さんが送ってくださったのだ。その包装やメモ書きを見ると、私たちに手作りの野菜を味わってほしいという気持ち

が伝わってきて、心が暖かくなった。

様々な食品の安全性が疑われている時だから、無農薬野菜の産地直送はなおさら有難い。私は早速天ぷらやサラダにして、家族と一緒に頂いた。

近頃は、食品を扱う企業の不正表示や違法処理、無許可の農薬使用など、食品への不安を誘う記事がほとんど毎日のように新聞紙上を賑《にぎ》わせている。中でも、食品に対する不正表示は困ったことだ。私などは食品を買うとき、少しでも添加物の少ないもの、安全そうな物をと厳しい目で選ぶ。その選ぶ基準になっている表示さえも嘘《うそ》かもしれないというのでは、ほんとうにお手上げである。が、そういう不正に私たちがどんなに憤《いきどお》りを感じ、不安を覚えても、実際にはほとんどの消費者が食料品の生産や販売を、企業や農家に委《ゆだ》ねているのだから、なすすべがない。

世の中の人はこんな実情をどう受け止め、感じているのだろうか。毎日私たちの目や耳に入る情報は、世の中の悪い事件、不安な出来事がほとんどで、それらがまたセンセーショナルに騒ぎ立てられることも多い。私はテレビをほとんど見ないが、午後の奥様向けの番組は、新聞のテレビ欄を見るだけでもどんな内容か予測がつく。芸能人のゴシップや悲惨な事件ばかり追っているようだ。社会の出来事は事実でも、そんな情報に取り巻かれ影響を受けていると、人は知らず知らず心の中に不安を抱えて日々を過ごすことになる。

しかしまた一方では、美しい絵の展覧会や感動的な話、名作映画、内容のある本などにも、人々の関心は集まり、時々大きな話題になるものも多い。人間にはこんな二面性がある。「悪いものに引かれる」一方で「良いものを好む」。どちらが人間の本性だろう？　その答えには意見が分かれるかもしれない。人間はその両方を持ち合わせているから、どちらとも言えないという意見の人もいるだろう。ではどちらが建設的か。どちらが私たちの生きる社会を気持ちよく、明るくするだろうか。それは、明らかに後者である。

世の中の悪から目を背《そむ》けよというのではないが、暗い出来事が多ければ多いほど、私たちはもっと積極的に良いことを見つけ、認め合い、善を行い、愛を広めていくことが大切だ。

先日の新聞にはこんな話が載っていた。

東京都板橋区の八十九歳の女性は、「亡夫の好きだった街をきれいにしたい」という願いから、毎朝駅前でゴミ拾いをしてきたという。ところがある日、持ち帰ったタバコの吸殻《すいがら》が原因で、自宅が全焼してしまった。ところがこの女性は、火事の後に知人宅に身を寄せた後も、落胆《らくたん》して掃除をやめることもなく、「一日でも休めば、ゴミが散乱する」と駅前の掃除を続けているそうだ。

そんな彼女のところには、全国から数十件の励ましの手紙や電話が寄せられた。中には「母子家庭で生活に余裕はありませんが……」とお金を送ってきた人もいる。また、それまでタバコのポイ捨てをしてきた男性が「これからは責任をもってタバコの始末をします」と書いてきたりした。こうして一人の善い行いは、多くの人の善意や善行を引き出していく。

無農薬の野菜にしても、受け取った私は安心してそれらを頂くことができた。無農薬は人に安全であるばかりか、虫たちや大地、大気にも害を与えない。ほんの少しの人が無農薬の野菜を作ったからといって、それがすぐに食品全体の安全性向上に繋《つな》がるわけではない。しかしそんなささやかなことでも、誰か一人が善いことを始めることによって、周囲への善い影響は必ずあるはずだ。
一人の善い行動。一人の親切な思い。そこからでも社会は変わっていく。

ある季節の終わりに

平成十四年の八月の末、二十二歳になる息子から夫にメールが届いた。その中に「夏が終わり、もうすぐ秋になると思うと淋しい気がします」と書いてあったという。青春真っただ中の彼は、大学最後の夏ということもあって、去り行く夏にそんな感傷を覚えたのだろう。

盛夏には、木々はうっとうしいほど葉を繁《しげ》らせ、生命のエネルギーを葉や小枝の先まで溢《あふ》れさせる。また万物を容赦《ようしゃ》なく照らす夏の太陽は、前進への意欲に満ちた若者のようでもある。だから、それと比べて「秋は淋しい」と思う息子の気持ちは理解できなくもない。その同じ頃、しかし親の私は「この暑さとももうすぐお別れ」と、秋の到来を心から待ち望んでいた。季節の捉え方にも、親と子ではずいぶん違いがある

ものだと思った。

そんな親子の感覚の違いのように、人生にもまたそれぞれの年代に相応《ふさわ》しい季節が巡《めぐ》ってくるようである。

三人の子のうち、家に一人残っている高校三年の娘は、夏休みの一カ月間、家を留守にした。その結果、私たち夫婦は、子供が生まれて以来初めて、まるまる一カ月を二人だけで過ごした。主婦である私は、夫が職場に出かけた後、夕方までずっと一人でいたわけである。一週間ぐらいの〝夫婦水入らず〟なら、今までにも何度か経験していたが、一カ月は初めてだった。

息子が一人ずつ家を出た時、私はそれなりに淋しさを覚え、子供を手放す切なさを感じた。でもその時点では、家には別の子が残っていた。しかし今回は、家に子供が全くいないのである。それは、私にとって家族の形態の劇的な変化だった。

娘が留守の間、夫と二人で外出すると、夏休みだから、どこへ行っても子供連れに会うことが多かった。幼い子供を二、三人連れて、思い思いに動き回っている子供たちを、大声で呼び戻している夫婦がいる。小さな赤ちゃんをベビーカーに乗せて、気遣いながら買い物をしている若いお母さんがいる。そういう人達を見ると、「私もあんな時があった」と、遠い日の自分の姿を重ね、愛《いと》しいような、ちょっぴり淋しいような、複雑な気持ちを味わった。

夫婦二人でスタートした私の結婚生活は、結婚後一年と少しで長男が生まれ、三人になった。それ以来、夫と子供を中心にして、私は生きてきた。家族のために美味《おい》しい食事を用意し、夫や子供が元気に仕事や学業に取り組めるように配慮し、楽しい家族の団欒《だんらん》の時間を持てるようにと努《つと》めた。夫と二人で出かけることがあっても、子供の帰宅時間に合わせて親も帰宅し、食事の心配をし、子供の身の回りの細々《こまごま》としたことに気を配ってきた。妻として母としてそういう家庭を築くことを、私は一つの目標としてきたからだ。振り返れば、情熱と体力を要求されるこういう子育ての期間は、まさに〝人生の夏〟なのだった。

だから、それが終わることを目の前に突きつけられたとき、「ああ、時計の針は後戻りしない」と一抹《いちまつ》の淋しさを感じた。

子育てを終えて、目の前の目標を失った母親の虚脱感を〝空《から》の巣症候群〟と呼ぶら

清二朗が来ました。
夕食に何が食べたいと
聞くと、和食系は
バイト先で食べられ
るので、洋食が良いとの
事、信じられないくらい
沢山食べました。
稚宣さんは旭川です。
七月六日
送ってもらったきゅうりで
作ったピクルス
4本分（半分に切って
八本）
にんにく
月桂樹の葉
粒コショー

しい。私は数年前からその日の来るのを予感し、心の準備をしてきたはずだった。そんなことは分かっているつもりだったし、人は皆そうして生きているではないか、と高をくくっていた。しかし、その予行演習とも言うべきひと月を実際に過ごしてみると、自分の中に強い固定観念があったことを思い知らされた。それは、「親と子で構成された家庭こそが、人間らしい暮らしの場だ」という考えだった。

高度経済成長で右肩上がりで前進してきた日本経済は、バブル崩壊とともに停滞し、さらには縮小しつつある。この事実をしっかり受け止め、意識の変化をしなければ、時代に取り残されて失敗する――こういう転換期の生き方にも似たような、生活と気持ちの大転換を迫られるのが「子育ての終わり」という、人生の一つの季節の区切りなのだろう。

そう感じる私であるが、淋しがってばかりいるわけではない。子供との暮らしは終わろうとしているが、夫と二人で生きるこれからの人生には、今までとは違った景色が広がるだろう。それもまた楽しいに違いないと期待もしているのである。

海苔巻の味——子供に最後のお弁当を作る

（二〇〇二年十月〜二〇〇三年八月）

人々の祈り

昨年十月末、東京の渋谷地域を会場にして東京国際映画祭が開催された。この映画祭は今年で十五回目で、アメリカから『E・T』や『ジュラシック・パーク』で知られているスティーブン・スピルバーグ監督や、俳優のトム・クルーズさんもわざわざ来日して話題になったから、ご存知の方も多いと思う。その同じ時期、あまり派手には報道されなかったが、東京国際女性映画祭というのも開催された。こちらは女性監督の映画だけを対象としたものである。

私は会員になっている岩波ホールからこの映画祭の案内が送られてきたので知ったのだが、同封のパンフレットには「希望の映画を申しこむと抽選で招待券を贈る」と書いてあった。その女性映画祭では十一篇の映画が上映された。映画の上映会場は我が

家から歩いて十分程のところである。十一篇の中に、かねてより見たいと思っていたフィリピン映画があったので、私は当選することをあまり期待せずに、葉書を出した。ところが思いがけず、二枚の招待券が送られてきた。

『光、新たに』という題のその映画は、何世紀にもわたって宗教紛争（キリスト教とイスラム教）がつづいているフィリピンのミンダナオ島が舞台となっている。フィリピンはかつてスペインの植民地だった関係で、キリスト教徒が人口の九三％を占めている。残り七％のうち四〜五％がイスラム教徒である。

地球上の多くの民族がそうであったように、フィリピン住民の元来の宗教は精霊信仰（アニミズム）であったが、十四世紀後半にイスラム教が伝来し、そして十六世紀後半にはキリスト教がもたらされた。現在のフィリピンにおけるイスラム教徒は、スペインの植民地支配を頑強に拒《こば》んだ人たちで構成されている。そのイスラム教徒の中で分離独立を叫《さけ》んで、中央政府と激しく対立しているフィリピン人イスラム教徒のモロ族のことを、この映画は描いているのだ。

モロ族の誇りと伝統。それがイスラム教と一体化し、キリスト教の政府とは何世紀もの間対立してきた。モロ族の多くは、実際には戦いを好まない無欲な人々であるが、一部には政府の強行な政策に対抗してテロをしかける人達もいる。モロ族の共同体がそのようなテロリストの温床《おんしょう》になっているのも事実で、だから政府軍の容赦《ようしゃ》ない攻撃の対象になるのであった。

国や民族や個人の行う好ましくない行為の中には、その立場に立てばある意味では、そうするしかなかったのかもしれないと理解できるものがある。モロ族にしても、民族の古くからの伝統を守りたいし、アラー（神）の教えに忠実に従いたいのである。この映画のマリルー・ディアス＝アバヤ監督は敬虔《けいけん》なキリスト教徒であるが、この映画制作のため自らイスラム社会に身を投じ、彼らと生活を共にして撮影にのぞんだ。そのためこの映画は、イスラム教徒とキリスト教徒双方の立場、考え方が表現され、偏《かたよ》りのない描かれ方をされていた。

その人の立場に立てば仕方がないと思えることもあるとは言ったが、様々な対立の根源は実はそこにある。人はみな自分中心の意識の中で生きている。自分が見、感じ、思ったことを基《もと》に物事を判断する。そして、それが正しいと思う。ましてや、その判断の背後に、ある特定の宗教に対する絶対的な信頼があると、事態はさらに深刻になる。なぜなら、その人は自分の信仰が絶対と思うから、排他的になり、他は間違っているという傲慢《ごうまん》な考え方に陥《おちい》りやすいのだ。だからこの世界には、戦争や紛争が絶えない。

そんなとき、私たちは一歩下がって考えることができればいいのだろう。自分が正しいと思ったことが、本当に正しいのだろうか？　正しいと思う根拠は何か？　自分の欲望や名誉、主義主張——そういうものに囚《とら》われてはいないか？　「神を信ずる人」というのは、本当は「自分」以上の価値が在《あ》ることを知り、その価値基準に照らし合わせて自分の生活を省《かえり》みようと努力している人であるべきなのだ。

そのような生き方は決して排他的ではなく、相手の立場を受け入れ理解しようとする。「何々教の神」「何々宗の仏」——そのような限定された神仏への信仰から、全ての人の心の中にある「普遍的《ふへんてき》な絶対者」への信仰へと人々が振り向かない限り、この世界の混迷を解決することはできないと、私はこの映画を見て思っていた。

映画の完成直後に、二〇〇一年九月十一日のニューヨークでの同時多発テロが発生した。今回の上映では、映画の最後にそのことが字幕で書き加えられた。さらに「いま世界中の宗教者が世界の平和を祈っている」という意味の言葉もスクリーンに流れた。

人類の迷いは深いと悲観的になっていた私は、この言葉に「はっ」として、そうだ目には見えないところで多くの人が、平和な世界を祈っているのだと気がついた。戦いの現実ばかりに目を奪われていたが、その蔭にあって深く切実に平和を祈っているのが、人間の本来の姿なのであった。

現実を変えるもの

昨年九月、日本と北朝鮮の首脳が戦後初めて会談するという出来事があった。会談の行方は日本国中が固唾《かたず》を呑《の》んで見守っていたが、かねてから国民の間で重大な関心と懸案であった北朝鮮による日本人の拉致《らち》を、金正日総書記が初めて認め、「遺憾《いかん》であった」と謝罪した。思いがけない展開に驚いたが、その内容には愕然《がくぜん》とした。拉致と日本政府が認定していた十二人のうち八人が死亡と伝えられたからだ。

八人死亡という情報に怒りと悲しみ、憤りを感じ、日本の世論が大きく揺れ動いて、様々な意見が出る中、生存が確認された五人の拉致被害者が、予想外の早さで日本に一時帰国することになった。

それ以来、日本中の話題は拉致問題一色に塗りつぶされた感があった。五人の帰還者は、北朝鮮に夫や子供を残していたため、言わば「人質」を置いての一時帰国でもあったからだ。やがて日本の家族等の強い要望もあってか、日本政府はこれらの帰還者を北朝鮮には帰さないと決めた。「原状回復」の原則を貫いたわけである。そのころはまだ北朝鮮政府は、この五人の人たちが残してきた家族を日本に帰す用意はあると言っていた。ところが日朝関係は次第にギクシャクし始め、三カ月近く経った年末には、膠着《こうちゃく》状態といってもいいような関係になってしまった。

この間、私も含め多くの日本人が、大きな感情の振幅《しんぷく》を経験し、大団円の結末などそう簡単には実現しないことを知った。それは虚《むな》しさを伴う失望感というようなものであったと思う。そして今、多くの人が日朝関係の好転を願いつつ、引き離された家族の再会を強く祈っているのではないだろうか。それぞれに過去の歴史を抱えての、国家間の問題の難しさもつくづく思い知らされた。

同じ頃、アメリカのイラク攻撃の可能性も連日の関心事であった。テロ撲滅のために、アメリカが一歩も譲れないというのは、理解できなくもない。もし日本がテロの標的になり、いつ攻撃されるかも知れないという恐怖に日々晒《さら》されていたら、その恐怖を取り除こうと必死になるだろう。

しかし戦争が始まれば、一般市民の犠牲は免《まぬが》れない。何千、何万という数の、拉致被害者と同じような犠牲者が出るのである。それが戦争の現実である。

そんな国際政治のことを心配しても、なんの力にもならないということは分かっているのだが、ついそれらを考えている自分を見出す。ではそんなことは無駄だから、国際政治のことは考えなければ良いかというと、そうできないのが人間なのである。大きな国際問題だけでなく、自分の身近に起こる様々な問題に、私たちの心は敏感に反応し、良くも悪くも影響を受けるのである。

そのような自分の姿を客観的に見ると、環境がどうであれ自分が今置かれた立場で、明るく前向きに生きることの大切さがわかる。嘆《なげ》いたり心配するだけでは、現実は何も変わらない。それを変えるためには、自分が今いる環境で与えられたその日その日を、一所懸命生きることである。

そしてこの精一杯生きるというのも、簡単にできるものではない。なぜなら自分一人どう生きようと、自分の家庭はまだしも、国や世界のことは、自分の生き方とは一見関係がないように見えるからだ。でも本当は一人一人の思いが、行動が、世界を新たに創っていくのである。

ブッシュ大統領やフセイン大統領の言動によって、世界の情勢は変化するかもしれない。その結果、私たちの中には、人生が大きく変わり、「運命に翻弄《ほんろう》された」と感じる人も出るかもしれない。しかし、一所懸命生きるとは、たとえそのような現実があったとしても、自分の理想から逃げないことである。「現状維持」「運命への諦《あきら》め」でお茶を濁《にご》さず、しっかり自分と向き合って理想や夢を追い続けることだ。信念をもって行動すれば、必ず物事は変化する。人は皆そのように積極的な存在なのだ。

このことが心の底からわかってくると、一所懸命生きることの意味が理解できて、その人の生活はきっと好転してくるに違いない。

ポインセチアの小さな鉢を買いました。この鉢が花屋さんの店先に並ぶといよいよ年の瀬という感じがしてきます。
十一月二十三日
純子

三角の指輪

私たち夫婦は昨年十一月に結婚二十三周年を迎えた。銀婚式にはまだ二年あるから、特に区切りの年というわけではないが、私の心の中には、いつもの年とは少し違う思いがあった。

それは、家に一人残る末っ子の娘が、春には家を出るという事態を目の前にしていたからだ。新婚以来久しぶりに、夫婦二人で新たなスタートを切る年という気持ちである。だからそんな思いを夫に伝えたいと、カードを書いた。私としては珍しいことである。

結婚当初は、誕生日や結婚記念日にはカードを交換していた私たち夫婦であったが、最近は特にそんなこともなくなっていた。カードには、これからの二人の生活に対す

る私の願い、抱負のようなものを書いて、こっそり持っていた。

結婚記念日のお祝いには、例年のようにレストランで食事をした。二人の男の子がまだ家にいる頃は、彼らと末の娘も加えて五人でにぎやかに食事をしたものだが、今は娘をまじえた三人だけだ。料理もデザートとコーヒーという頃になって、カードを出すタイミングを思案していた私の前に、夫は小さな箱と封筒を差し出した。先を越されてしまった、と思った。夫も久しぶりに何か書いてくれたのだ。

そのカードには、「長いようで短い二十三年間の経験を有難く、嬉しく思う」とか、「子供たちも無事に成長し、自立への道を走り出した時期、私たちも二人の絆《きずな》を改めて確かめ、人生の新たな飛躍《ひやく》へと共に進みたい――そんな心意気を感じていただければ」などと書いてあった。

素直な気持ちが上手く表現されていて、参ったという感じだ。私と同じ思いでいてくれたことも嬉《うれ》しかった。カードだけで、夫の心意気は伝わってきた。

読み終わって今度は小箱を開けると、お揃いの指輪が入っていた。アニバーサリー・リングというのだろうか。まったく予期していなかった意表《いひょう》を突《つ》く贈り物に、私は声を上げていた。

結婚式でお互いに指輪を交換して以来、私は左手の薬指にはいつもその結婚指輪をはめていた。夫が主宰側になる神式のお祭りでは、指輪は外《はず》した方がよいといわれ、夫はその時外していた。しかし私の場合、指輪を外そうにも関節が太くなっていて、スルリとは抜けないこともあり、いつも付けたままにしていた。だから、この結婚指輪は死ぬ時まで付けているのだろうと、漠然《ばくぜん》と思っていた。しかし、アニバーサリー・リングをもらったからには、新しいものと付け替えねばならない。

私は早速その場で、新しく贈られた指輪に付け替えようとした。ところが二十三年間つけていた結婚指輪は、変形していて、薬指の第二関節のところでどうしてもそれ以上抜くことができない。無理に抜こうとすると痛い。そこで、石鹸をつけて滑りを良くしようと思い、レストランの洗面所に行って試みたが、効果はなかった。折角《せっかく》贈られた指輪なのに、付けることができないのは何とも残念なことだった。

帰宅後お風呂に入った時、やはりあきらめ切れずもう一度試してみた。何しろ指輪は第二関節の下ではぐるぐる回っているから、やり方によっては抜けそうでもあるのだ。寒いので私は湯船の中で手だけ出して、指輪の周りに石鹸をいっぱいつけて、力を入れずに、そーっと回してみた。外そうとすると、どうしても力が入ってしまうので、力を抜いてゆっくり回すようにしていたら、ついに指輪は外れた。

苦労して抜いた結婚指輪を湯船の中でしげしげと眺めてみると、硬い金属製のものが、「よくもこんなに曲がった」と思うほど、おむすびのような三角形に変形していた。長年の洗濯や台所仕事が作り上げた形だった。

新しい指輪は今までのものより少し大ぶりで、幅もやや広く、指にはめると何となく貫禄がある。色は、古い指輪は艶消《つやけ》しの白銀だったが、今度のは銀色に光っている。私たちは、古い方の二つを新しいものが入っていた箱の中に大切にしまった。二十三年間の記録であり、昔の思い出でもある。

新しい指輪は、つけ始めて数日は慣れずに気になっていたが、違和感はすぐに取れて体の一部になった。この指輪には、これから何が刻まれるだろうか。新しい生活の兆しに満ちた結婚二十四年目は、すでに始まっている。未来への意欲と畏《おそ》れの交錯する今の私の気持ちを、新しい指輪が支えてくれている。

海苔巻の味

「おいしかった。長い間どうもありがとうございました」
台所で夕食の用意をしている私の横から、空のお弁当箱を調理台において、娘が言った。娘はその時高校三年生の三学期で、次の日からは期末試験なので、午前中で学校は終わる。だから、高校生活最後のお弁当持参の日だった。
数日前、「最後のお弁当、何にしてもらおうかな?」と、娘から相談を受けた。ちょうどその頃、私は私であと少しで学校も終わりだからと思い、娘の好きな稲荷寿司や、鶏そぼろ、中華ちまきなどを、お弁当に入れていた。そのようなこともあって娘としては、自分の好きなものを最後に作ってもらいたいと思っても、これというものが思い浮かばないのだった。私もちょっと考えて、「海苔巻《のりまき》は」と提案すると「あっ、それがいい」と言い、娘の高校最後のお弁当は、太巻寿司《ふとまきずし》ということになった。

娘から「最後のお弁当」のお礼を言われた時、ふと考えた――

彼女の上に二人いる息子たちにも、高校時代最後のお弁当はあったはずだ。が、彼らから「最後のお弁当は何?」とか「最後のお弁当はこれにして」なんて言われた記憶はない。母親の私が「これが最後のお弁当」と思って作ったことはあったかもしれないが、彼らには「母の弁当」の最後などと、特に意識するほどのことではなかったのだろう。

朝の慌《あわただ》しい時間に、朝食の用意をしながら手のかかる海苔巻を作るのは大変だから、私はお弁当に巻き寿司はめったに作らなかった。そんな貴重な海苔巻は、だから娘にとって「最後のお弁当」に相応しく思えたのかもしれない。

その日は、前日から準備を万端《ばんたん》整えて、私は朝八時前には、五本の海苔巻を作り終えた。娘と夫のお弁当用。さらに、その日は、一人暮しをしている大学二年生の二男と会うことになっていたので、彼にも持たせようと思ったのだ。

海苔巻の具には、カンピョウ、卵焼き、シイタケの甘煮に三つ葉というオーソドックスなものと、そのほかに、ちょっと豪華なウナギ入りと、若者に人気の変り種、シーチキン入りの三種類を入れた。

太巻は、娘の小さなお弁当箱にはせいぜい入れても五～六個しか入らないが、切り口を斜め上に向けて詰めると、きれいな色取りが並んで、おいしそうなお弁当になった。

太巻といえば、夫の父の誕生日には近頃は定番となった。夫は数年前、握り寿司を作ってみたいと言い出して練習を重ね、今やなかなかの腕前になった。そこで父の誕生日には、夫の手作りの握り寿司でお祝いをすることがここ数年続いた。その中に、父が好きだからという理由で海苔巻も入るのだ。父の好物だと聞いた時、海苔巻は父にとって懐かしい「お袋の味」なのかも知れないと、私は想像した。

夫が作る太巻は、少し凝っている。仕事で北海道の小樽に行ったとき、寿司屋通りにある一軒で食べた海苔巻を真似たものである。中身はマグロの中落ち、イカのお刺身、海藻、大葉、キュウリに甘酢生姜という豪華版である。

私にとっても太巻には思い出がある。私の母は、山菜採りやキノコ採りが好きで、春と秋には必ず家族総出で出かけた。そんなとき、お昼のお弁当によく海苔巻を作ってくれた。今思えば出かける前の忙しい時間に、沢山の量の海苔巻を作るのはさぞや大変だったのではと思う。それでも、山好きの母にとっては、自分の好きなところへ行ける楽しみの方が大きかったに違いない。私にとって海苔巻は、楽しかった子供の頃の記憶と重なっているのだ。

海苔巻にまつわる話をあれこれ考えていると、まだまだ出てきそうである。それは海苔巻というものが、普段のお惣菜《そうざい》とは違い、「ハレの日」の特別料理だからだろう。

ところで娘はこの春から家を出て暮らす。十八年間一緒に暮らした娘を手放す私は、母親として伝えることはまだまだ沢山ありそうで、心もとない気がしないでもない。しかしそう思うことが執着であり、取り越し苦労でもあると自分に言い聞かせている。共に暮らしたというその年月の中に、良いところも悪いところも隠しようのない生活があり、娘の中にしっかりと根付いているはずである。

その時その時自分では一所懸命のつもりの子育ても、後で振り返れば自分の未熟さに思い当たる母親である。しかし、たとえ未熟で不完全であっても、「親に大切に育てられた」という印象は娘の心に生きつづけ、彼女のこれからの人生の支えになることと思う。

最後のお弁当に海苔巻を作ることができたことを、私は満足に思っている。日常の瑣末《さまつ》なことではあるが、海苔巻の味が娘の記憶に長く残ることを願いながら。

暁子は今日から
最後のテスト(期末)
昨日は、最後の
おべんとうでのり巻きに
しました。お弁当のからを
出す時「おいしかった。長い間
ありがとうございました」と言いました。
一月二十二日

ミス・コンテスト

　ここ十年くらい前からミス・コンテストについて、「女を見せ物にして女性差別につながる」などという理由から反対の声が聞かれるようになった。そのような批判をうけて、地方自治体主催のコンテストは、次々と姿を消しているそうだ。
　私はコンテストについて、もって生まれた美貌《びぼう》を生かして何かができるのなら、それはそれでよいことだから、「男性主導社会の象徴で、女性差別」などと目くじらたてることもない、と気軽に考えている。フェミニストからは「許しがたい発言」と言われるかもしれないが……。
　運動選手や音楽家、画家、作家等々で優れた才能を持っている人でも、努力しなければ、それらの才能を花開かせることはできない。それと同じように、どんなに生まれつきの顔立ちが美しくても、内面を磨くことをしなければ、形だけの美しさでは魅力的とは言えない。コンテストで選ばれるということは、外面的な美しさだけではないはずだから、それに文句をつけるのは、人の才能を羨ましがっているようなものではないのかと、そんな風に思っていた。

だからミス・コンには特に興味がなかったのだが、先日新聞に「自分らしさを探し求めて」という見出しで、ミス日本に応募した女性たちのことが取り上げられていた。その記事を読むと、女性の複雑な心理について、私にも思い当たるところがあった。

何人かの女性が紹介されていたが、九四年にグランプリをとった松田直子さんの話は興味深かった。松田さんは短大卒業後、通産省に入省し途上国援助の部署でバリバリ働いたそうだ。ところがどんなにがんばっても「女の子」扱いだったという。一人前の働き手として認めてくれなかったと言うのだろうか。随分《ずいぶん》古い体質の職場が未だにあるものだと思ったが、そのような影響もあってか、松田さんは女でいるのがつらく、女を捨てたかったそうだ。

そんな職場で四年たった頃、転職しようかと考えていたとき、書店で何かのきっかけになればと『公募ガイド』という雑誌を手に取った。そしてどうせ応募するなら一番賞金の高いものにしようとページを繰ると、「ミス日本　100万円」が最高額だった。それを見て、「はらわたが煮えくり返った」という。

自分は今の職場では「女である」ことでボロボロになっているのに、ここには女というだけでチャラチャラして大金を得ている子がいる。腹立ち紛れに葉書を出したそうだ。最終審査までには落ちるだろうとたかをくくっていたから、職場には秘密にした。ところがグランプリに選ばれたのだという。

「女であることが嫌で仕方なかった自分が、女として選ばれた。不思議だけど選ばれたということは、認められたということなのだろうと思うと楽になった」と言う。「女であることも、男性優位の職場も、なかなか変えられない。それをどう前向きに持っていけるか」と考え、グランプリを機《き》に強くなれたそうだ。

松田さんの経験で目を引くのは、女を捨てたかった人が、ミス日本に応募し、グランプリを得たことで、それが自信に繋《つな》がり、前向きな人生へと歩めるようになったことである。

私は女性として生まれたことを嫌だと思ったことはないが、二十歳前後の頃、女性は生まれつき男性より劣っているのではないだろうか、という疑問が湧《わ》き、悩んだことがある。その思いの底には、そんなはずがない、あってはならないという、強い願いのようなものがあった。

しかし目の前の現実は違っていた。社会を見渡せば、どこでも男性が大いに活躍していて、女性の数は少なく、明らかに男性のほうが女性より能力があるように見える。もしそうならば、初めから劣っている人生など生きる価値がないと思った。だから生きる価値を見出すために、女性の生きがいについて書かれた本や、色々な女性の自叙伝や伝記等を読み、また自分でも考えを巡《めぐ》らせていた。

そんなあるとき、私は天来のひらめきのように、その疑問に対する答えを見出した。それは、「男性と女性を同じ線上で比べる必要はない」ということだった。男性の基準に女性を合わせようとするから、無理があるのだ。どちらもそれぞれに比べられない特性があり、女性にある、例えば「優しさ」や「細《こま》やかな愛情」「行き届いた心遣《づか》い」などは、表面には現れにくいから見落とされがちだが、いずれも素晴らしい能力であり、男性の「力強さ」や「大胆さ」などの利点に勝るとも劣ることはないと認めることができた。この発見は、私にとってとてもうれしいことだった。

それ以来私の中に、男性との差別意識がなくなったから、同じ線上で頑張ろうとは思わなくなった。私は私にできることをすれば良いから、気持ちは楽である。そして私の意識が変わったからか、私は女性として男性から差別されたことはほとんどない。また女性を一人の人間として扱わない場合は、拒否するし抗議もする。

結局、女性はまず女性であることに、自信や喜びを見出すことが大切なのだろう。そこから、その人本来の能力が発揮される。前出の松田さんも、本来優れた能力の持ち主であったにもかかわらず、自信がなかった。が今彼女は、経済産業省関連の独立法人で働きながら、早稲田大学を受けなおし、夜間部に通っているそうだ。前向きな人生を、さらに歩んでいるわけである。

今社会では、ジェンダーフリーや男女の機会均等など、様々に言われているが、何よりも大切なのは、女性が自らの性に自信を持つことだと思う。そういう意味でミス・コンテストが、女性に自信を与える役割をはたしていることも、事実なのだ。

新しいページ

四月五日、東京は前夜からの雨が、お昼ごろには激しくなり、気温も三月初旬並みの低さだった。私は夫と共に大分へ出発するため、羽田空港に向かう車の中にいた。雨の土曜日ということもあり、青山から六本木、芝公園にかけての道路はかなり混雑していた。途中の道で時々目にする桜は満開で、雨の中でもそのあでやかさは、充分に感じられた。

その日は私にとって「新しい門出《かどで》の日」と言っても良かった。それは私自身の個人的な思いであるが、身の引き締まる爽やかさも感じていた。私の夫は生長の家の講習会で講演をするため、毎年全国の約三十カ所を訪れている。今年度最初の講習会は、

翌日に大分で行われる。

今からちょうど四年前、長男が高校を卒業して、一人暮らしを始めるころだったと思う。夫から「子供がみんな巣立ったら、一緒に講習会に行こう」と言われた。それは私にとって、全く思いがけない提案だった。とは言え、夫のものの考え方からすれば、夫と妻がお互いを理解し、協力して、同じ理想に向かおうというのは、至極《しごく》当然のことであったのだろう。しかし言われた身の私には、講習会というような責任のある場所で、自分に何かできることがあるのだろうかと、大きな不安を感じた。それでも当時は「まだ四年後」と思っていたから、現実感に乏《とぼ》しかった。私は、夫と行動を共にすることに何の異存もなかったし、まして子供が皆巣立った後、一人家に取り残される自分を想像すると、さぞ淋しいことだろうと思った。だから夫がそれが良いというのなら、従いましょうという気持ちだった。

長男の二年後に二男が巣立ち、この三月には末の娘も高校を卒業した。その間に私の気持ちも少しずつ準備ができ、講習会に向けて焦点が絞られていった。人生には思いがけないことが起こり、新たな挑戦の機会が与えられるものだと思った。

車窓から雨に煙る東京の街を眺《なが》めながら、私はそんなこれまでの道のりを振り返っていた。初めての講習会に対する不安と緊張、密かな期待の入り混じった複雑な心境だった。

こんな時、人は謙虚な気持ちになるのだろう。大勢の人の前で話をするとき、どんなに準備をしても自分の力ではどうすることもできないことがあるということは、これまでの経験から感じていた。だから、「どうか神様、私をお導きください」とひたすら祈る思いであった。またその一方で、人生の新たなページが開かれるようで、夫、両親、子供達、そして周りの色々な人々に、感謝の気持ちで一杯になった。それらの人々に支えられ、導かれてきたこれまでの人生であり、今の私があると、しみじみ感じられたのだった。

飛行機はほぼ定刻通り、午後四時過ぎに大分空港に着陸した。大雨の東京とは打って変わり、大分は快晴だった。前日は雨だったそうだが、空港から別府に向かう道路の桜並木は満開で、新入生気分の私には、ありがたい歓迎に思われた。

いよいよ翌日六日、講習会当日を迎えた。朝十時、開会の挨拶《あいさつ》のすぐ後が、私の話の時間である。司会者が私の名を紹介した時、急に心臓が高鳴り始めた。とても緊張して、自分の声が裏返っているように感じられた。しばらく話してから、ようやく自分のペースがつかめたと思い、講演テーブルの上に置かれた時計をみると、時間はもう十五分しかない。用意していた流れに沿って、最後まで話せるだろうか。すこし焦り気味で、伝えたいことだけは時間内に話さなければと、要点だけを無駄のないように進めていく。なんとか時間内に終えることはできたが、話す私に余裕がなかったから、聞いてくださった人達の心に、伝えたい思いが届かなかったのではないかと、悔やまれた。不本意ではあったが仕方ない。

講習会が終わり会場を去る時、多くの人と握手を交《か》わした。その中で、七十代、八十代と思われるお年寄りが私の手を握り、「ようお出で下さいました」と何人も言ってくださった。自分の役目を果たせただろうかと不安に思っていた私には、「来てくれた」というだけで喜んで下さる人々がいることは、泣きたいほど有難かった。

初めての講習会を終え、ほっとする反面、私にとって決して易しくはない、努力のいるこれからの日々であることが実感された。そのような機会を与えられたことは、し

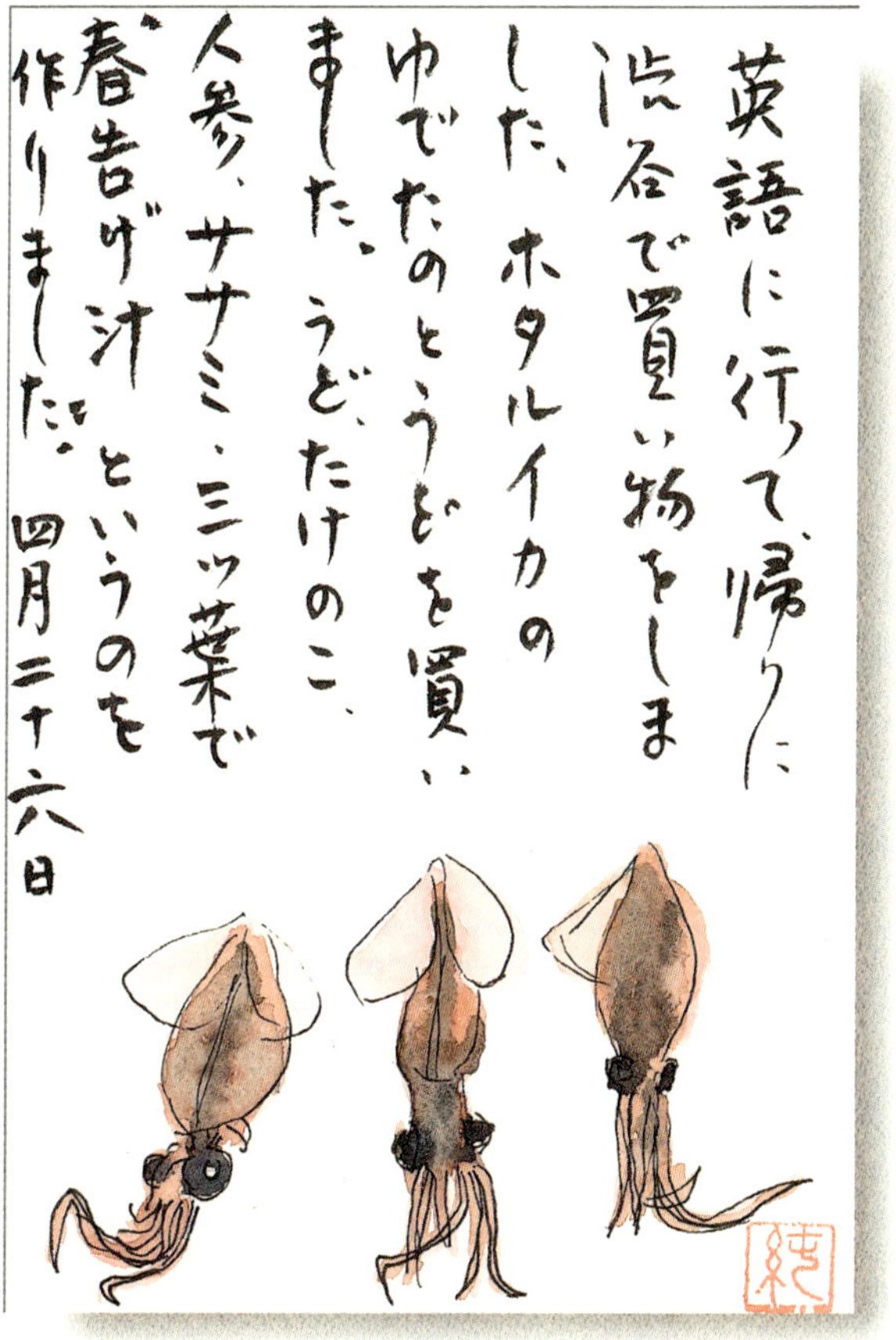
英語に行って、帰りに
渋谷で買い物をしま
した、ホタルイカの
ゆでたのとうどを買い
ました、うど、たけのこ、
人参、ササミ、三ツ葉で
春告げ汁というのを
作りました。
四月二十六日

かしありがたいことだったし、私の胸の内には、静かな意欲の火が、灯《とも》っていた。

講習会はこれからずっと続く。私は、与えられた役目がもっと充分に果たせますようにと祈るばかりである。

可愛い子には旅を

「元気でがんばりなさい！」
三人の子供を地下鉄の駅近くで車から下ろした私は、窓から大声でこう叫んだ。そんな私に手を振って、仲良く楽しそうに歩いて行く彼らの姿が、車の後方に小さくなっていった。
五月初め、生長の家の大きな大会が終わった日の夜、ほぼ一カ月ぶりに家族五人で夕食を共にした。
子供は皆家を出ており、私も四月から生長の家の講習会で話をすることになったので、普段はその準備に忙しく、彼らに世話をやく余裕はない。だから、たまに子供たちと食事をするのは嬉《うれ》しいことである。

人には色々なタイプがあって、自分の仕事や興味の対象にのめり込んで、夫や子供を一緒に巻き込んでしまう人もいる。私はどちらかといえば、夫や子供を支援したいと思うほうで、またそうすることに価値を見出すタイプである。だから子供が家にいたときは、彼らの方に気持ちの多くの部分が行っていた。それが今、子供は皆巣立ち、実際に夫と二人だけになってみると、誰にも煩わされることなく、自分のペースでやりたい事に没頭できる生活もありがたい。

食事会は、豆腐料理中心の中華レストランで行なった。小さな個室を予約してあったので、周りに気兼ねなく話ができた。四月から社会人になった長男は、三月末に壮行会をして送り出したが、勤めるようになって会うのは初めてだった。夫も私も色々な事を質問した。それはまるで長い旅から帰って来た子供に、旅の様子、途上でのできごと等の報告を受けるような感じである。親は、旅は楽しかったのか、途中で危険な目に遭わなかったか、目的は果たせたのか、そんなことに関心がある。

彼は四月から会社の寮に入っている。頼んでおけば朝食と夕食が準備されてあり、お風呂も、自分で掃除しなくても、いつでも入れる生活である。彼はそれを「有難い」

と言った。大学時代を親の家で生活していたら、そんな言葉は出なかったろう。大学四年間の一人暮しの不自由さも、いい経験である。

わが家では、男の子も女の子も差別しない方針だから、三月に高校を卒業した末娘も、一人暮しをする予定だった。ところが大学三年になる二男が、妹との二人暮しを提案してきた。その方が便利だし、妹も安全だというのである。夫も娘もそれに同意したが、この話を最も喜んだのは私だった。自分の経験から考えても、正直言って娘の一人暮しは心配だったからだ。

娘は、自分のやりたいことが明確にあるので、専門学校に通っている。そこでは毎日課題が出され、アルバイトをする暇はないようだ。だから経済的な余裕がなく、トマト一個、洗剤一つ買うにも、自分の財布の中身と相談するらしい。家にいたときとは大違いである。

「お弁当も作って学校に持っていってるよ」と彼女は言った。

必要に迫られると何でもできるものだ、と私は感心した。

食事をしながらの彼らの近況報告を、私はニコニコして聞いていた。

もちろん彼らにも、親に心配をかけたくないという気持ちから、あるいは思春期特有のプライドから、親には話さないこともあるに違いない。しかしそれは彼等の人生で、親は彼らを手放した以上、関わる問題ではないと私は割り切っている。もちろん何か大変なことがあれば、いつでも両手を広げて受け止めるつもりではある。

私自身を振り返ってみると、思春期にも親に心配事の相談をしたことはない。親に心配をかけたくない、余計な苦労をかけたくないという思いがまずあったからだ。それに加え、自分の問題は自分で解決するのが当たり前だと思っていた。そうは言っても、私の知らないところで、親は色々と私の身の上を案じてくれたに違いない。今になって、それがよく分かるのである。

子供を駅で見送り、私と二人だけになった夫は、

「子供たちは皆よく育ってくれて、ありがたいね」と言った。「可愛い子には旅をさせよ」とはよく言ったものだと、私はつくづく思った。

とはいえ、子供たちはまだ人生のスタート地点に立ったばかりである。これからまだまだ大波、小波が押し寄せるかもしれない。そんな彼らを、少し離れた所から見つ

め、私はずっと声援を送りたいと思っている。

一万円のワイン

私が週一回通っている英語の教室に、この四月から初めて男性が加わった。その人Sさんは元大学教授で、学生のころイギリス留学の経験もあるので、正しい英語を話される。自分の経歴をハナに懸《か》けることもないし、存在を主張することもなく、旅行、写真など退職後も多方面に趣味を持ち、気さくな感じの良く出来た紳士である。

英語学校は渋谷の駅近くにあるが、ある日レッスンの後の教室で、Sさんが近くにチーズの専門店はないかと、皆に尋ねた。そこで、渋谷駅周辺でよく買い物する私が、駅に隣接するデパートの地下食品売り場に、チーズ専門店があることを教えた。

Sさんは、何でも友達数人とワインの試飲会をするそうで、自分はチーズを持参する係だということだった。その話を聞いて、私は随分しゃれた趣味をお持ちだと思っ

たのだった。

その一週間後の教室で、最初の数分の四方山《よもやま》話のときに、Sさんはワイン試飲会がどうなったかを話してくれた。主催した友人というのは、裕福な家庭の生まれで、一万円以下のワインは飲まないのだという。その人は今はそれほど裕福ではないが、それでも物置をワインの収納庫にして、沢山のワインを保存しているということだった。するとクラスの一人が、

「私は一万円以上のワインなんか、飲んだことがないわ」と冗談めかしく言った。

聞いている私たちを気づかったのかもしれないが、Sさんはこんなことを話した。

「彼は、アンハッピー（不幸）ですよ。裕福な家庭で生まれ育ったので、贅沢《ぜいたく》な暮らしが身についてしまって、身の丈《たけ》にあった暮らしができないんです。そこへいくと僕なんか、どんな安いワインでも美味しいと思って飲めますからね」

私は、一万円以下のワインを飲まない人とは、どんな人かと思っていたが、Sさんの言葉を聞いてうなずけた。人は裕福な暮らしや贅沢が当たり前になっていると、それらを失うことは自分の価値が下がったように思いがちだ。そして、生活の質を下げ

ることや、ささやかなことに喜びを見出すことが難しくなるのだろう。

私は昨年暮れ、ある方から作家の庄野潤三さんの『山田さんの鈴虫』という本を送っていただいた。庄野さんの名前はおぼろげながら知ってはいたが、著書を読むのは初めてだった。年末の準備も一段落ついたときその本を読み始めたが、あっという間に読了した私は、すっかり庄野ファンになっていた。そして新年早々、書店で庄野さんの他の著書を捜しまわった。

『山田さんの鈴虫』には、それぞれ結婚して家庭を持った三人の子供との行き来を含めた、庄野さん夫妻の日常が淡々と描かれている。何も変わったことは起こらない。どこにでもあるありふれた日常の出来事が記されている。

妻は晩年になって習い始めたピアノを夕食後におさらいする。夫は中学生の頃ハーモニカバンドに入っていたが、数年前のクリスマスの朝、枕もとにハーモニカが置いてあった。それがきっかけとなり、妻のピアノの後、中学以来吹いていなかったハーモニカで、童謡や唱歌を吹くようになり、それに合わせて妻が歌うのを日課としている。二人だけの暮らしの中に、子や孫、友人、ご近所の人々との心温まる交流がある。ありふれているようで、なかなかこうはいかないだろうと思う、おだやかで感謝に満ちた日々が過ぎて行く。

庄野さんは十年以上前、大病をして、半身不随の危機に遭遇したが、家族の懸命な看護と、自身の強い意思によるリハビリの甲斐《かい》あって、健康な体に戻り、今もずっと執筆を続けている。その蔭には、毎日三回、日によっては二万歩にもなる散歩を欠かさない生活がある。こういう地道な努力や厳しさがあってこそ、当たり前の生活を幸せに送れるのだろうと、私は感じた。

私の生活の中にも、捜せば喜びは沢山ある。種をまいた朝顔の芽が出た。前年から容器に入れてあった鈴虫の卵が今年はどうかと危ぶんでいたが、ここ数日の気温の上昇で、沢山の子虫に孵《かえ》った。数年来のイチゴの鉢を日向に置いていたら、可愛い実がなった。今年のブルーベリーはかつてないほど多くの実をつけている。今日はさわやかな気持ちの良い日だった。私は時々疲れることもあるが、一晩寝れば回復し、ここ何年も風邪《かぜ》をひいたことがない。

——こうして善いことを捜していけば、生活の中には小さな幸せがいっぱいあることがわかる。幸せとは、日常から離れた豪華さや華々しさの中にあるのではなく、私の目の前に沢山ある。それに気づくことができるのも嬉しい。

反面、不足におもうこともある。せっかく咲いたバラに虫がついて、葉っぱをほとんど食べられてしまった。数年前には多くの実をつけたビワの木に、今年は一つも実がならない。視力には自信があった私だが、暗い所で小さな字が読みにくくなった。

人に長所と短所があるように、物事にも良い面と悪い面がある。人や自分の長所を見、物事の良い面をいつも見ることができるようになれば、人生の達人と言えるのだろう。Sさんの友人の「一万円のワイン」の話を聞いて、未熟な私は思うのだった。

鮭、半分恵ちゃんの
所に送ったのですが、
お隣から、一匹 大きくて（辛い）からい
からと、家の半分と（残り）
交換しました。
それでこれから、
この鮭を
切身にしなく
てはなりません。
なかなか大きい
です、いかが ございました ありがとう
十二月十九日

星に教えられ

現在、十八歳の娘が通っていた幼稚園は、我が家から歩いて五分程のところにある。モンテッソーリ教育を実施していて、マンションの一室を教室にしている小さな幼稚園である。だから園児の数も少なく、娘が通っていた頃も、三年保育合わせて二十人足らずだった。

娘が卒園してから十数年経つが、毎年七夕の時期になると、幼稚園の先生から電話がかかり、我が家の笹を七夕の笹として使うため、分けてほしいと依頼がある。今年も六月末に連絡が入った。幼稚園では、教室に飾るだけでなく、園児一人ずつが自分用の小さな七夕飾りを作って、家に持ち帰ることにしているらしい。だからこの頃、私は幼稚園の先生二、三人と一緒に蚊と戦いながら、七夕用の笹を切るのが年中行事

となっている。

子供が小さい頃は、我が家の玄関にも、七夕飾りを作って、願いごとを短冊に書いた。子供たちは「勉強ができますように」とか「病気をしませんように」「おじいちゃん、おばあちゃんがいつまでも元気でいますように」――そんなことを書いていたように覚えている。

七夕の飾りをしなくなって久しいが、私は幼稚園用の笹を切っている時に、なぜか今年は我が家でも飾りたいと思った。それは、もしかしたら子供たちが皆家を離れたことと関係があるかもしれない。私の子供の頃も、七夕飾りをしたが、紙で作られた茄子《なす》や西瓜《すいか》、胡瓜《きゅうり》、綺麗《きれい》に切った紙の飾りなどがあった。そんなものを飾ってみたいと、デパートで尋ねてみたが、七夕用の飾りは売っていないということだった。そこで私は、千代紙で輪つなぎを作り、笹にかけた。同じようにして短冊も作った。

夫は「どうしたの、珍しいね」とは言ったが、私の差し出した短冊五、六枚にスラスラと願いごとを書いてくれた。私も何枚か短冊に願いごとを書いて笹に吊るし、我が家のささやかな七夕飾りができた。

七夕の行事は、中国の故事と日本固有の信仰とが習合されて、時代とともに変化してきたようだ。古くは、女性が裁縫の上達や、願いごとをする日でもあった。牽牛星《けんぎゅう》と織女星《しょくじょ》が一年に一度、七夕の夜にだけ会うことができるという話は、ロマンティックではあるが、その頃日本列島は梅雨の最中、なかなか「星空の夜」とはいかない。

近頃、七夕の行事は東京などではデパートの飾りつけや、ショウウインドーの賑わいの一つに化してしまったようで、一般の家庭では、ほとんど行われなくなった。牽牛と織女の現実離れした話を、人々が信じなくなったのか、あるいは忙しい日常にそんな余裕がないのかもしれない。また、都会では笹を手に入れることも難しいし、後の処理も簡単にはいかないからだろう。私にしても、七夕の朝夫の母が「今夜は星が見えそうもないわね」と言ったのに対し「飛行機の上からは見えますよ」などと半分冗談で言ったほどだ。興ざめなことだったろう。

地上の人間が、オリヒメとヒコボシが天の川を渡って果たして会えるだろうかと気を揉んでも、実際にはいつだって、必ず天の川はそこにあるというのでは、そもそも話が成り立たない。しかしそんなロマンティックな話以外にも、七夕の朝、里芋の葉や稲から集めた露で墨をすり短冊に書くと、願いごとが叶《かな》ったり、字が上手になるというのも、なんとも奥ゆかしく、教育的な風習だと思う。

私たちは筆ペンで、短冊に願いごとを書いたが、普段はそのような形で願いごとを紙に書くことはないから、私はちょっと躊躇《ちゅうちょ》した。心の中の思いを、率直に書くには案外勇気が必要だ。

私の心の中には、そのとき色々な思いがあった。それはゴチャゴチャに混ざり合い、互いに絡まり合っていたが、紙に書くことによって整理されていく。そして、自分にとって大切なものは案外単純で、あまり数が多くないということが分かった。

「夫を始め家族が健康でありますように」

「講習会での話がちゃんとできますように」

「世界が平和になりますように」

――私の願いはこれだけだった。

短冊に書いた願いは誰が叶えてくれるのだろう。

こう書いたことにより、自分自身で願いの在りかを確かめ、願いが叶うようにと身を律し努力する方向が再び定まっていくように思う。信念が強まったような気もする。廃《すた》れつつあるとは言え、日本にこのような風習が残っているのが嬉しかった。

庭からの贈りもの

「沸騰《ふっとう》したらアクを取り、弱火で十分煮る」

――お料理の本にはこう書いてある。

しかしお鍋の中は、サラサラでジュースのような状態。もう十分煮ると、ようやく少しとろみがついてきた。ここで火を切るべきか、あるいはもう少しとろみがつくまで煮ようか、と私は迷った。が安全のため、思い切ってガスの火を切った。

我が家の庭にあるブルーベリーは今年、かつてない豊作だった。毎日食べていても残り、残った分が沢山《たくさん》貯まったので、ジャムにしたのである。私はイチゴやリンゴ、イチジク、ブドウなどのジャムは何度も作ったことがある。でもブルーベリーは二度目で、それも一年ぶりのことだったから、要領を得ないのだった。

初めてイチゴ・ジャムを作ったのは、もう二十数年前のこと。料理書を見ながら作ったにもかかわらず、火の止め加減《かげん》がよくわからず、飴《あめ》に近い硬いジャムを作ってしまったことがある。それ以来、ジャムを作るときは、早めに火を切るようにしていた。今回もその教訓を守ろうとしたが、本の指示通りの時間では、どうみても水分が多い状態だった。そこで、自分の勘をたよりにおっかなびっくり、二十分ばかり煮たのだった。

果物のジャムは、火を切ったときに粘《ねば》り気がちょうど良い加減でも、冷めると硬くなることが多いから、今回も、もしかしたら煮過ぎかもしれないと、ちょっと不安だった。だが幸いにも、冷めても硬くならず、ちょうど良いとろみ加減で、小さなビンに八個もできて私は満足だった。

庭のブルーベリーの木は、今からもう十四、五年前に植えたものである。その頃三人の子供はまだ幼く、彼らのために私はよくケーキを焼いた。木を植えたのは、本か雑誌でブルーベリーが紹介されていて、ケーキに入れたり、ジャムにでき、簡単に育てて収穫することができると知ったからだ。私のケーキ作りの〝助っ人〟だと思った。

小さな苗木は、最初の二、三年はほとんど実をつけなかった。四年目あたりから少しずつ実がつくようになったが、それでも私は冷蔵庫のドアにマグネットで止めた紙に、その日採れた数を記録できていたから、「数えるほど」の収穫だった。

ブルーベリーは実つきを良くするためには、種類の違うものを二本以上植えなくてはいけない。我が庭にも最初から二本植えたが、五、六年たった頃に一本が枯れてしまった。そこでまた新しい苗木を一本買ってきて、残った木の横に植えたのだった。そんなことがあったから、東京の夏の高温多湿の気候では上手く育たないのかと、半分あきらめていた。だから時々肥料をやる程度で、特に世話をすることもなく年月が過ぎていった。それが今から四、五年前、最初の木を植えてから十年ほどたつと、木も大きくなり、実を沢山つけるようになった。

ブルーベリーの良いところは、長い間楽しめることである。一般的に果樹は、一時期に熟すものが多いが、この実は少しずつ順番に熟していくので、一カ月半から二カ月もの間、毎日食べ続けることができる。去年からは、毎日食べ切れないほど実がなるように生長した。成分が目にも良いし、サッと洗ってそのまま食べられるのも手軽だ。

そんな重宝な果樹だから、近頃は夫もこれに注目するようになった。木の剪定《せんてい》などをこまめにし、実が沢山なるようにと、今年の二月には寒肥《かんぴ》もやった。それが効いたのかもしれない。七月半ば直径二センチにもなる今まで見たこともない大きな実が採れ、一週間で一kg貯まった。だからジャムにした。そしてさらに一週間後の七月末、また一kg貯まった。そこで、今度は冷凍にした。初期の弱々しい苗木の頃には、想像もできなかった生長ぶりである。

この木は「大木」にはならないが、ブルーベリーの木の成長ぶりから、もっと大きく伸びる樹木のことに考えがおよんだとき、私の中に新しい人生への視点がヒョッコリ生まれた。

人間はどうしても一年や二年といった目先のことに心を奪われる傾向がある。しかし、今どんなに小さな苗木でも、十年、二十年たてば、大木に育つものもあるのだ。木はどんどん成長していくが、人生の折り返し地点を過ぎた自分は、次第に老いていく。大木になる木のゆく末と自分を比べると、以前はどこか淋しい気がしていた。し

一週間位で、
ブルーベリーが
一Kg
たまった
ので、
ジャムを
作りました。
大・小色々の
びんに六個できました。
七月二十五日

かし「老い」があるだけでなく、私の子供の世代は生長し、やがて孫の世代も生まれてくる。私はそれまで自分がいなくなった未来の世界を、茫漠《ぼうばく》とした霧の中のように捉えていたが、その時代にも、今こうして私が生きているのと同じように、生き生きと生長を続ける生命の営みがあることに気がついた。未来は限りなく希望に満ち、明るく感じられたのである。

いま自分が生きているその延長として、未来がずっと続いていくと考えるとき、我が子のことと同じように、未来の世代に〝負の遺産〟を残したくないと感じる。今この時にも、そういう生き方をしたいという思いが湧いてくる。「子供らに美しい地球を」という言葉が、単なる倫理的スローガンではなく、自分の「命の繋《つな》がり」の実感として私には迫ってくるのだった。

今がいちばん――過去でも未来でもなく

（二〇〇三年九月～二〇〇四年五月）

人々の輪

今年の日本の夏は全国的に涼しく、梅雨が明けてもはっきりしない日が多かった。東北地方などでは梅雨明け自体がないという珍しい状態だったようだ。それでも八月の旧盆前後からは、日本の夏らしい三十度を越える蒸し暑い日となった。そんな遅い夏の厳しい暑さの中、夫と私は生長の家の国際教修会と生長の家トロント会館捧堂《ほうどう》五周年記念式典に出席するため、カナダとアメリカに向けて発った。

まずカナダのトロントへ行き記念式典に出席した後、ニューヨークに向かったのだった。ニューヨークでは、英語圏の生長の家の幹部を対象とした教修会が開催された。会場は、ニューヨークの中心、マンハッタンから車で約一時間の所にあるエディス・メイシー・コンフェレンス・センターというガール・スカウトの研修施設を借りた。

そこは緑に囲まれた静かな山の中で、リスもそこいらを走り回っている。また夕食後、施設の庭を散歩していた夫と私は、シカの親子と遭遇した。そんな環境の中で、約七十人が寝食を共にしながら、生長の家の神観、戦争に対する考え方、世界の色々な宗教の中で、生長の家の占める位置や役割について、さらに宗教上の原理主義や生長の家の儀式に関する考え方などが話し合われた。

参加者の大半はアメリカとカナダからだった。戦争とテロに直面している日常の中で、ともすれば正義と悪、敵と味方という単純で二分的な考え方に陥《おちい》りやすく、またそうしなければ、現実の混乱した状況を理解しにくい環境である。その中で、教修会で語られたことは、参加者にはっきりとした考え方の枠組みを示すことができたと思った。

それは、「神が戦争をさせる」あるいは「神とともに戦う」と考える〝聖戦〟などは存在せず、どんな戦争も人間の迷いの産物に過ぎないということ、そして全ての正しい教え・宗教は、神髄においては同じ宇宙の真理を説いている。その形式、表現方法の違いに注目するのではなく、共通の部分に目を向けることの大切さ、また原理主義がなぜ問題であり危険であるのかということ——それらが、日本とアメリカの六人の講師によって示された。

教修会は実質的には一日半の日程だった。しかし前日の夜から全員が集合したので、六回の食事を私たちも参加者と一緒に戴いた。こんなことは日本では全くないことなので、正直なところ最初は戸惑いを覚えた。食事はビュッフェ形式で、お皿を片手に参加者と列を作って、サラダやスープなどの料理を並んで取った。食堂には八人掛けの丸テーブルが十数個あり、私たちの席も特に決めてなかったから、どこに座れば良いかと、ちょっと考え、適当に空いている席で、二度目にならない人のテーブルをと配慮しながら席を選んだ。結果的には、食事中に色々な人と話をすることができたのである。

ある時、夫の隣に東海岸のニュージャージー州からの黒人の六十代の女性が座り、私の隣には西海岸のロサンゼルスから来た、私と同年代の日系人の女性が四人すわった。黒人女性は食事の間中、ずっと英語で夫に話しかけ、私は四人の女性たちと日本語で話していたのだが、時々お互いの話が交差し、その時にはみんなが英語で会話する。食事はアメリカらしくボリュームたっぷりで、デザートの甘いケーキやアイスクリームも必ず用意されていた。女性だけでなく男性陣もそれらのデザートを食べていたが、夫の会話の相手は、デザートを勧められても「私は誘惑に抵抗している」と言って、笑顔で頑《かたくな》に拒否していた。ブラジルからボストンに来ている青年もいたし、ロンドンから参加のご夫婦も、やはりブラジルからイギリスに渡った人で、英語とポルトガル語の誌友会を地元で開いているということだった。

ハワイから来ていた日系三世の中年男性は大変雄弁で、英語の中に時々日本語を混ぜて、アメリカのブッシュ政権の政策についての不満を吐露《とろ》していた。台湾からも大学の教授をしている男性が一人はるばる参加していたが、個人的に話をする機会を逸したことは残念だった。

このような多様な人々の構成が、今回の教修会の様子をよく表わしていたと思う。日本で始まった生長の家は、アメリカでは現在、日系人が中心にはなっているが、世界各地で活躍するブラジル人も数多く参加しており、しだいに大きな役割を果たしつつある。

教修会の参加者は日系アメリカ人、アメリカの白人、黒人、日系カナダ人、ヨーロッパ系カナダ人、ブラジル人、台湾の人、日本からの留学生などで構成されていた。これらの人々は、今回の教修会で話されたことは時宜《じぎ》を得た内容であり、素晴らしい教修会であったと喜んでくださった。みんな大変積極的で、講演者が問いかけると、すぐ会場から大きな声で答えが返ってくるし、良いと思えば立ち上がって拍手をする。日本人との国民性の違いを強く感じることもしばしばであった。

私にとって今回の教修会は、三十分の英語の講話という初めての経験があったし、参加者と一緒に食事を楽しむという珍しい機会が与えられ、充実した二日間だった。それらの経験もさることながら、世界中に広がっている生長の家の運動が、それぞれの国の特徴を生かした多様な形態で展開していることを感じてうれしく、また頼もしく思ったのである。

レトログラス

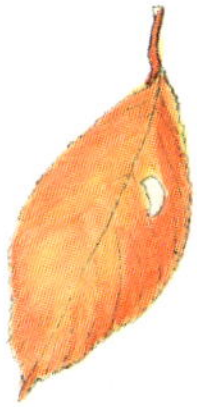

　ニューヨーク郊外で国際教修会が開催されたことは、先に書いたが、今回はニューヨークでの私的な経験について触れてみたい。
　カナダのトロントでの式典参加から国際教修会、そしてその夜の歓迎会までの、予定されていた公式行事は八月三十一日で全て終了した。翌九月一日は、アメリカでは「レーバーデイ」（労働者の日）で休日だった。私たち夫婦も東京を発って一週間たち、翌日に帰国を控えた「調整日」ということで、初めての休日となった。
　その日は朝から小雨が降っていたが、無事に仕事を終えた私たちはホッとして、自由な気分になっていた。そこでその日は朝食後、二人にとって〝懐かしい場所〟を歩くことにした。

夫は今から約二十五年前——正確には一九七七年から一九七九年までの二年間、ニューヨークのコロンビア大学の大学院で学んでいた。当時、国際線のスチュワーデスをしていた私は、仕事で何度かニューヨークを訪れ、夫と二人で色々な所を歩いた。その後結婚し、末の子供が、長時間の飛行機の旅に耐えられるようになった時、家族五人でまたニューヨークを訪れ、子供たちをコロンビア大学や、夫が住んでいた寮などに連れて行った。さらにその後も、二度ばかりこの街を訪れる機会があった。が、いつも子供連れだったので自由な時間もあまりなく、子供らの喜びそうな所を、少し回っただけだった。その点今回は夫婦二人だけで、子供たちの安全などに気を使うこともないので、今まで行けなかった所を地下鉄で訪ねることにした。

ニューヨークの地下鉄は、東京と違い一つのホームにいろんな行き先の電車がくるので、慣れていないと間違って乗車してしまうことがある。そんな失敗を避けるためまず書店で路線図を買い、前もって調べてから乗ろうとした。ところが折角《せっかく》路線図を買ったにもかかわらず、困ったことが起こった。それは地図の文字が小さく、その上地下鉄のホームは暗いので、蛍光灯の下へ移動しても文字がよく見えないのだ。

夫婦ともに老眼が始まり、小さな文字が読み難くなっていることは日本にいる時から分かっていたが、それほど深刻には受け止めていなかった。しかし、外国では少し事情が違った。私たちはぼやけた地図を手に目を凝《こ》らして、多分これでいいだろうと見当をつけて地下鉄に乗ることになり、老眼の不便さを思わぬところで実感した。

それでも最初に目指したグリニッチ・ヴィレッジには、間違わずに行くことができた。そこは芸術家が多く集まる所で、いまはその地域がさらに南下して、「トライベッカ」と呼ばれる地域の方にも広がったということだった。小奇麗なギャラリーや絵を売っている店が目立ち、かつて二人で歩いた静かでこじんまりした雰囲気の場所が、今では賑《にぎ》やかな街になっていた。そのヴィレッジで、大きな文房具屋さんを一軒見つけた。世界中の珍しい文房具が色々あり、日本の折り紙や千代紙も売られていた。画材もいろいろ置いてあったので、夫はそこでスケッチブックを一冊買った。

そんな店の中を見て回っていたとき、細い透明のプラスチックの筒に入った小さなメガネを夫が見つけた。「レトログラス（retroglass）」と英語で書かれている。日本語にすれば「懐古メガネ」といったところか。私は一体これは何だろうと思ったが、夫が「老眼鏡じゃないの」と言う。一つ取ってかけて地下鉄の路線図を見ると、同じ地図とは思えぬほど、霧が晴れたように、細部まではっきりと見えるのである。やはり老眼鏡だった。

日常生活に支障はないからと、老眼鏡を拒《こば》んでいた私だったが、ニューヨークでは支障を来たしたのだった。値段は「十五ドル」と書かれていた。日本円に換算すると、千八百円位。ハンドバッグに入るコンパクトなもので、必要なとき虫メガネのようにして使うには悪くないと思い、買うことにした。

ヴィレッジをそぞろ歩いた後は、コロンビア大学周辺に向かった。レトログラスのおかげで地下鉄の路線図はよく見え、何番の電車の何駅で降りれば良いかが今度ははっきりしていたから、何の不安もなく目的の場所に着くことができた。最寄り駅から大学までは少し歩くのだが、その周辺は全く様変わりしていた。懐《なつ》かしい風景を期待していた私は、少々がっかりした。しかしよく考えれば、東京のわが家の近くでも、二十五年前の建物はほとんどなくなっているから、そんなに驚くことでもないのだろう。

レーバーデイの翌日から、新学期の始まるところもあるようで、休日にもかかわらず、大学構内には学生の姿が見られた。夫が二年間住んだ「インターナショナル・ハウス」という学生寮のロビーにも、大きなスーツケースを持ったアメリカ人の男子学生と中国人と思われる女子学生が入寮の手続きをしていた。このようにして、あそこもここもと歩いているうちに、一日は瞬く間に過ぎて、ホテルに帰る頃には二人ともかなり疲労を感じていた。小雨の中を一日中歩き回る、二十数年ぶりの思い出の場所《センチメンタル》巡り《ジャーニー》だった。

過去を振り返ることを、英語でレトロスペクト（retrospect）という。そうすると今回の私の場合にこじつけて、レトログラスは「過去を見るメガネ」だと勝手に解釈できなくもない。英語では「老眼鏡」に当たる言葉として、普通は「reading glass」とか「long-distance glasses」が使われる。だから「レトログラス」という言葉は「懐古調スタイルのメガネ」という意味なのか、あるいは単なる洒落なのかよくわからない。

古い映画のシーンがそうであるように、記憶の中の風景は心の中で勝手に作られていくことがある。しかし、何年後あるいは何十年後かにその地を実際に訪れてみると、記憶とは違う懐かしい場所がそこにある。そんな経験を今回の旅でした。その一方で、心の奥深くの情熱や信念などは、若い頃から少しも変化していないことが、よくわかる。いやむしろ、それらは記憶の中で成長して、若い頃より膨らんでいることさえある。

人は肉体的には年と共に白髪が目立ち、顔のしわも増え、老眼鏡のお世話にもなる。しかし、心は年老いることはない。老眼鏡は、自分の中のその不変の精神に気づかせてくれる有り難いメガネだった。

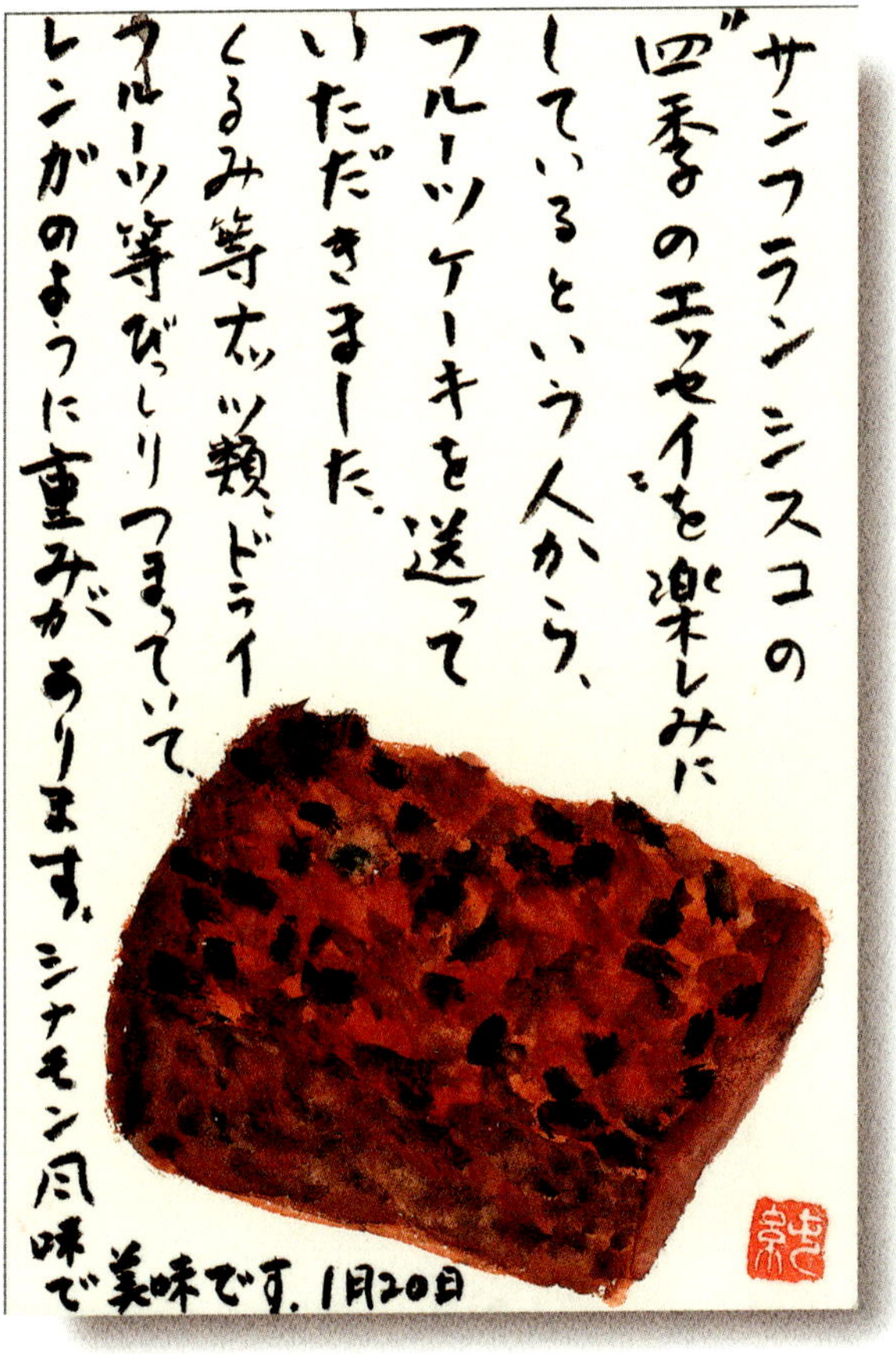
サンフランシスコの
"四季のエッセイを楽しみに
しているという人から、
フルーツケーキを送って
いただきました。
くるみ等ナッツ類、ドライ
フルーツ等びっしりつまっていて、
レンガのように重みがあります。
シナモン風味で美味です。1月20日

人生遍路

四国八十八箇所のお遍路については、話には色々聞いたことがあったが、実際にはどういうものなのか、私は詳しく知らなかった。近頃は昔のように、全行程を徒歩で行く〝歩き遍路〟をする人は少なく、車や観光バス、自転車などでのお遍路もあると、雑誌などで読んだことはあった。ところが最近、歩き遍路をした人が、その全記録を書き記した本に出会った。その人は二十四歳の女性で、しかも瞽女《ごぜ》三味線の演奏家であるということだった。

ごぜとは、古く室町時代からいる盲目の女芸人のことで、当時は鼓《つづみ》や琵琶《びわ》などを演奏しながら物語を語っていたが、江戸時代以降は三味線を弾きながら、諸国を旅して金品を得るようになった人のことである。身体障害者のしかも女性が、「人権」などと

いう意識のない古い時代に生きていくのは、困難を極めたにちがいない。盲目の娘は自分の力で生きていくために、厳しい訓練を受けてごぜになったという。ごぜは全国的に見られ、地域によっては組織が作られたそうだが、東京オリンピックの年を最後に、もう旅まわりをするごぜさんはいなくなったということだ。

だから、この本の著者、月岡祐紀子《ゆきこ》さんは、日本で消えかかっているごぜ三味線の数少ない後継者ということになる。彼女は盲目ではないが、三歳のときから父親に厳しく三味線を仕込まれた人で、女子大を卒業した年とその翌年に二回、歩き遍路に出た。

三味線演奏家の彼女は、ごぜ三味線、ごぜ唄に惹《ひ》かれ、それを継承しようと決心した。盲目のごぜさんたちは、見知らぬ町や村で他人の門前に立って三味線を弾き、唄をうたう。その厳しさを追体験するために、月岡さんは遍路の旅に出たそうだ。

「それは恐ろしく苦しい旅の日々であったに違いない。都会の冷暖房のきいた部屋で、ごぜ三味線を弾いてはいけない。目を潰すことはできないが、せめて途方《とほう》に暮れる旅に出よう。そうでなければごぜの必死さは分からない。表現できない」月岡さんはそのような意味のことを書いている。

『平成娘巡礼記』(文春新書)というこの本では、四国の旅は、著者が弘法大師の霊場、一番札所、徳島県鳴門市、霊山寺の山門をくぐる所から始まっている。お遍路さんは、各札所でお札を納めるのだが、彼女の場合はそれに加えて、奉納演奏をさせてもらう。本の中には一日一日の道すがらの出来事、景色などの描写に加えて、経費と歩行距離を記したコラムがある。全行程千四百キロを約二カ月で回る。一日平均二十三・四キロを歩かなくてはならない。雨の日も体調のすぐれない日もあるから、歩き続ける日々は、並大抵ではないことが想像できる。

彼女は遍路の途上での出来事をじつにさらりと書いている。さまざまな人との出会い。のどかな美しい四国の風景もあれば、険しい山道、女ひとりで歩くには恐ろしい寂しい道。早朝から日暮れまでひたすら歩き、宿に着くと洗濯と足のまめの手当てをする。二十数キロを歩くのだから、足には水ぶくれができる。それを破り水を出し、テープを貼《は》って治療しなければ、翌日は歩けないのだ。

四国遍路の道沿いの人々には、千年の歴史のある「お接待」という習慣がある。それは遍路の人に親切をすることは自らの功徳になるという信仰からきているそうだ。しかしそんな功利的なことだけではない親切、人の心の優しさに触れて、月岡さんはよく泣く。読んでいて私は羨《うらや》ましくなり、「ああ私もお遍路をしてみたい」と、単純に思ってしまった。「ほんの少し山道を歩くだけであごを出してしまい、ハーハー言うくせに」と家人に笑われそうだが、二カ月間八十八箇所の霊場を訪ねお札を納める、ただそれだけのためにひたすら歩く。ある意味それは、なんとも贅沢《ぜいたく》なことではないか、と思うのだ。

月岡さんは出発する前、遍路をすることで、人生や芸に対して何らかの解答を得たいと考えていたそうだ。ところが旅を続けるうちに、健康な体で歩けること、三味線を弾き、人に喜んでもらえること。それだけで感謝の気持ちに溢れたという。

その箇所を読んで私は納得した。人はみなその〝原点〟をいつか忘れてしまい、足りないものばかりを見て生きているのではないかと、自分自身の身にも照らして思うのだった。あれが欲しい、これが足りない、人と比べて優越感に浸《ひた》ったり、劣等感をもったり。地位、名誉、富、財産、それらがあるなしに関わらず、一人のそのままの人間として生きることを、遍路の旅は教えてくれたのではないかと思う。

自分に与えられた命を、ただ生きる。どう生きたいとか、こうありたいとか、そんな欲は捨てて、自分にできることを精一杯して行こう。私は恐らく四国遍路の旅には行けないけれど、そんな思いで生きることができれば、その日々もまた〝人生遍路〟と言えるだろう。

小さな善行を積む

山梨県と長野県の県境近くに、八ヶ岳の裾野《すその》を走る八ヶ岳横断道路がある。曲がりくねった上り下りのはげしい道だが、山梨県の小淵沢近くになると比較的なだらかとなる。そして道の両側には、広々とした牧草地が続いているところも見られる。そのあたりを車で走っていた時、私は放牧されている牛がいないかと、車の左右を注意して見ていた。するとその一画に三、四十頭の黒毛和牛が点々と散らばって草を食んでいるのが見えた。

夫に告げると牛の写真を撮るため、夫は車を止めた。が、牛たちは下を向いたままのんびりと食事をつづけ、人間が来ても全く動じる様子がない。牛たちの位置は夫から少し離れていたし、後ろ向きのものもいたから、カメラの方を向いた牛の写真が撮れたほうが良いだろうと思い、私は「モー、モー」と奇妙な声を張り上げて、牛の注意を引こうとした。だが一、二頭の牛がちらと私達の方を一瞥《いちべつ》しただけで、他は皆マイペースで、モソモソと草を食んでいるのだった。

牛は広々とした自然環境の中で、思うままに牛本来の食べ物である草を食べている。それを見ている人間は、山の裾野の広大な放牧地を前にして、雄大な気分を味わう。そこだけを見ていると、この牛たちとそれを囲む環境には何の問題もなさそうだ。しかし時間が来れば、牛たちは狭い牛舎に押し込められ、草食動物であるのに肉類の含まれた配合飼料が与えられるのだろう。また、見た目には牧歌的な牧草地も、かつては木や草、小動物、鳥などを沢山擁《よう》した深い森だったに違いない。

青空の広がる気持ちの良い日であったから、牛たちの姿はのどかで幸せそうに見えた。

「あなた達は、上等のステーキ肉にされるの?」

私は牛たちに、そんな言葉を投げかけた。

我が家で〝四つ足〟――すなわち牛肉や豚肉などの哺乳動物の肉を食べなくなって

六、七年が経つだろうか。私は、それ以前にもどちらかといえば、魚、鶏肉、野菜中心の食事を心がけてきたが、牛肉や豚肉を全く食べないということはなかった。それがある時「僕は牛肉、豚肉を食べないから」と夫から突然言われたのだ。

夫が断乎《だんこ》として発言をするときは、それが一時の気まぐれや、自分勝手の思い込みでないことを、私はよく理解している。肉食は宗教的には禁忌《きんき》の対象であるし、またスーザン・ジョージ著『なぜ世界の半分が飢えるのか』（朝日選書）やその他の情報で、牛の肉一キロを生産するのに、大豆やとうもろこし十キロ近くが必要だということを知っていたから、そのような観点からの夫の言葉なのかと、最初私は思った。そういう理由ももちろんあったが、彼の言葉の背後には、地球環境の問題が大きく関係していることがわかった。

環境問題の専門家にとって、肉食が環境に悪い影響を及ぼすというのはよく知られていることだが、一般にはあまり理解されていない。環境問題といえば、ゴミの分別、資源のリサイクル、節電、省エネルギー、自然エネルギー（太陽光、風力、地熱等）の利用などが強調され、実践されてもいる。ところが肉食との関係は「風が吹けば桶屋が儲かる」式に聞こえ、その関連がすぐには理解できない人が多いに違いない。

スーザン・ジョージ女史が、地球の食糧危機の構造に関して提言をしたのは一九七六年、今から四半世紀以上も前のことである。しかしその問題は今なお解決されないどころか、より深刻になっている。世界中に飢えに苦しむ人がいるということは、多くの人の知るところである。にもかかわらず、世界の穀物生産量の三分の一以上が、飢えに苦しむ人の口には入らず、動物の口に入っているというのだ。その理由は、経済的に豊かな国の人々が、おいしい肉を食べようとして早期の肥育を目指し、人間も食べる穀物を牛や豚に食べさせるからなのだ。さらに、それらの牛を飼うためには、広大な放牧地が必要になるから、肉食が増えれば森林が減る。そして、地球温暖化に拍車がかかるというわけだ。

私が小学生の頃、クラスで何か問題があり解決方法について皆で話し合ったことがある。思ったことは何でも物怖じせずに発言する子であった私は、手を挙げて「一人一人が、自分の責任で気をつければ良い」と言った。問題を解決するには、一人一人の心がけ以外にはないと、幼い心は思ったのだ。私は自分のそのときの発言を大人に

一日冷たい雨が
降っていましたが、
夕食後、豆に
ついていたお面を
雅宣さんがつけて、
豆まきを
しました。二人では、何かたよりないですが、
……
二月三日

なってもなぜかよく覚えていて、「それができないから問題になるのであって、一人一人が気をつければ良いなどというのは、現実を知らない空論ではないか」と回想することがあった。

しかし今再び、半世紀以上生きた後、たとえどんなにささやかな実践であっても、正しいことを気がついた一人から実行しなければ、何事も変わらないというその真実を、私は理解するようになった。

食糧問題や環境問題は、個人の力ではどうしようもない巨大で複雑な難問のように思われるかもしれない。しかし一人一人の実践以外、私たちの住む世界を良くする方法はない。私たちが肉食を減らすことで世界はずっとよくなる――小さな積み重ねが明日への希望につながるのだ。

いのちの不思議

「人は死んだらどうなるの？」

母方の祖母が亡くなったのは、私が小学校の一年生のときだった。その頃母は私たち子供に夜寝る前、寝床で昔ばなしをしてくれていた。母の昔ばなしは祖母から受け継いだものだった。母は昔ばなしをしながら、亡き祖母の思い出を語ることもあった。祖母の死を身近に経験した私は、この時、母に祖母の行方を聞いたのだ。今にして思えば、母は母で、幼い頃自分が母親から聞いた昔ばなしを私たちに聞かせることによって、亡くなった母親の面影を偲んでいたのかもしれない。

「おばあちゃんは、あの世で生きとるよ」

母はそう答えた。

私の目に見える世界から祖母はいなくなったが、祖母はどこか遠く手の届かないところではあるが、確かに存在するということが、私には理解できた。祖母がいる世界は私の想像を超えた不思議で謎めいた所に思われた。そして母とのこの会話は、私が人の命の神秘さ、不可思議さに惹《ひ》かれ、目に見えない世界へ興味を覚えるきっかけとなった。

今年のお正月、私は一年振りに実家に帰って仏壇の前で聖経『甘露の法雨』をあげた。実家は浄土真宗で、仏壇には細かい細工がきらびやかに施されている。その仏壇の中には父方、母方の祖父母の写真が飾られていた。父方の祖父母は、今から七十数年前に亡くなっていて、父すら顔をよく覚えていない。だから、私にとっては写真の中だけの人である。一方、母方の祖母は四十数年前、祖父は二十数年前にそれぞれ亡くなったから、こちらの方は私にいささかの思い出がある。

それらの人々の写真を前にしてお経をあげていたら、四人の祖父母のことが無性に偲ばれてくるのだった。私は人の命の生き通しを信じている。物質としての肉体は死を迎えるが、生命《いのち》としての人間は亡《ほろ》びることはないと思っているのだ。

父が二歳のときに祖母が、四歳のときに祖父が亡くなった。祖父母にとって幼い息子を一人残していくことは、切なさの極《きわ》みであったろう。私は自分の子供がまだ幼かった頃、「この子たちが自分の足で人生を歩めるようになるまで、私は絶対に死ねない」と何度も思った。だから、仏壇の中のまだ青年の面立ちの祖父の写真を見て、息子を残して死んでいく祖父の胸の内が痛いほど伝わって、涙がこぼれた。それ故にこの世を去った後もずっと息子のことを見守り続け、幸せを祈ったに違いないだろうと、読経しながら感じられた。幼くして両親を亡くした私の父は、叔父、叔母、親戚の人々にとっては行く末が案じられ、不憫《ふびん》に思われた子供だった。それにもかかわらず、やがてその子が結婚し五人の子供に恵まれたとき、それらの人々は安堵《あんど》の胸を撫《な》で下ろしたという。だからこそ、今の私があるのだと、ここまでの長い道程が思い起こされた。

目には見えなくても人は皆、父母の大きな愛によって護《まも》られている。このことを、我が子に対する自分の思いとも重ね合わせる時、私は有り難い世界に生きていると感じた。そしてふと、七十年以上前に亡くなった祖父母は、今どこで何をしているのだろうかと思った。もしかしたら、私の身近な人として生まれ変わっているかもしれないのだ。

人のいのちがこの世だけのもので、死んでしまえば全てが終わると思えば、人は苦しいとき死という手段で、その苦しみから逃れようとすることもある。しかし冷静に考えれば、死とともに全てが終わり、人生途上での、喜び悲しみを伴う様々な経験は、儚《はかな》い夢のようなものとして消えていくのなら、生きる意味を見出すことは難しい。

今日生きていても、明日もかならず生きるという保障は、誰にもない。そのことはある程度物事の判断がつくようになった年頃から、人間はみんな知っている。知ってはいるが、実感として感じられるのは、明日もまた今日と同じように自分は生きて、生活しているだろうということだ。そう思えることの背後には、「生きたい」という人間の強い欲求がある。さらに今の境遇がどんなに苦しく、不幸であっても、明日は、或いは未来には、良いことがあるという希望を、人は皆持っているからだろう。それはとりもなおさず、肉体の死を迎えても、そのあとに命が生き続けることを、心の奥底で知っているからに違いない。

人の命は生き続け、生まれ変わることもある。だから別離の悲しみも、再会への希望に繋《つな》がる。そう考えると命の大きな繋がりが感じられて、この世の無常は影をひそめてしまうのだ。人生は奥が深く、人が生きるということは、切なくも不思議で、限りない恩寵《おんちょう》に満たされている。

善意の人々

「彼女の動機が今一つ分からないね」

「それはやっぱり彼との運命的な出会いが彼女の人生を変えたんじゃないの」

「人は運命に盲目的に引きずられるということは、本当はないんだよ。自分の中に、それに惹《ひ》かれるだけの理由があるはずだ」

――『すべては愛のために』という題の映画を観たあと、夫と私はこんな会話を交わした。それはアメリカ映画で英語の題名は「Beyond Borders」というから「国境を越えて」というような意味になるだろうか。

内容を要約すると、イギリス人と結婚し、英国社交界で裕福に暮らすアメリカ人のサラが、義父の慈善活動の功績を讃える盛大なパーティの会場に乗り込んできた青年医師、ニックに驚かされる。彼はエチオピアの難民キャンプで働く医師で、パーティで歓談する人々の前に立ちはだかり、「慈善活動で名声と利益を得、派手なパーティで贅沢《ぜいたく》な食事をして、自己満足している。エチオピアの難民キャンプでは今も毎日、飢えと病気で四十人以上の人が死んでいく」と、裕福な人間の偽善《ぎぜん》的な援助を非難し惨状を訴えるが、駆けつけた警察官にたちまち連行される。

サラは、自分の人生とは全く異なる世界に生きるニックの言葉と行動に衝撃を受け、まもなく何かにとりつかれたように私財を投げ打って援助物資を集め始め、単身エチオピアへ向かうのだ。しかしそこで彼女が目にしたものは、個人の力ではどうすることもできない悲惨《ひさん》な現実だった。彼女は、そんな状況でもひたむきに救援活動に従事するニックに心惹かれていく。やがてイギリスに戻った彼女は、国連難民高等弁務官事務所で働きはじめる。

一方ニックは、エチオピアに続いてカンボジア、チェチェンと紛争地を転々とするが、彼の活動を支援しまた再会を果たすため、サラも夫と息子をおいて、ニックの活動地を訪れるのである。最後は、内戦の続く極寒《ごっかん》のチェチェンに命の危険を冒して出かけ、ようやく二人は再会を果たすが、雪に埋もれた地雷原が二人の仲を引き裂く――こういう内容の映画である。

この映画には、二つの側面があると私は思った。一つは、日本を含めた豊かな先進国に住む私たちが、「この地球上には想像を絶する悲惨な状況で生きている人々がいる」という現実を、映像を通して如実に知るということ。もう一つは、難民救済や国際協力という一見「崇高《すうこう》」と思われる行為の裏にも、それらに関わる人々に様々な「崇高でない」事情があるということだった。この映画の場合、難民救済に全てを賭《か》ける男性に心を奪われた女性は、夫や子供を置き去りにして「人道援助」をする。そういう矛盾を内包しているのである。

だから私の中では、「こんなのおかしいんじゃない」という納得のいかない思いがあった。が、それでも世界の現実を生々しく知るという意味では、有益だった。先進国の人間は、赤十字やユニセフなどの援助団体に、自分の財布からたとえわずかでも寄付すれば、世界で困っている人に少しは役立つだろうと考える。ところが事はそんなに簡単ではなく、援助物資の横流しや略奪、輸送の不備、内戦などで、人の好意通りに目的が達成されることは難しいのだ。それを知ったとき、私はなにか肩透《す》かしを食ったような虚《むな》しさを感じた。単純で素朴な善意が届かないほどに、現実の世界は混乱しているということなのだろう。

この映画を観た後で私は、前から読みたいと思っていた『世界で一番いのちの短い国』（白水社）を読んだ。国境なき医師団の一員として、西アフリカのシエラレオネ共和国に半年間派遣された医師、山本敏晴さんの記録である。

この本で最も私の興味を引いたのは、悲惨なアフリカの現実でも病気の多さでもなく、国際協力に携《たずさ》わる人々の動機であった。山本さんは、それらをこう列記している──「旅行が好き」「人と変わったことがしてみたい」「やりたいことが祖国で見つからない」「祖国の社会に適応せず、ふつうのサラリーマンやOLができない」「過去のしがらみを断ち切りたい」「外国で恋人を見つけたい」「外国語の勉強になりそう」──そういうごく普通の動機なのである。もちろん「宗教的な自分の信念から、宣教師のような活動をしたい」とか「純粋に人道的援助に燃えていて、心から人助けをしたい」という人も中にはいるそうだが、それはむしろ少数派ということだった。そして興味深いことには、実際に現地で活動する場合には、理想主義者のほうが理想と現実の格差に失望したり、高い理想のゆえにスタッフと口論して、途中で帰ってしまうことが多いというのだった。

私はこれまで、難民救済や国際援助に携わる人というのは、大変高い理想と倫理観を持っていて、献身的性格の人なのだろうと考えていた。だから『すべては愛のために』を観て、「こんな不純な動機で人道活動をするのか」などと疑問に思ったが、山本さんの本は私の固定観念を砕《くだ》くとともに、一方で「なぁーんだ」という安堵《あんど》感のようなものを与えてくれたことも事実である。ちょっと理想主義的で、安易に人や物事を善悪で判断したがる私に、山本さんの本は「人の心の中はそんなに単純ではないよ」と教えてくれた。理想は重要だが、現実と折り合いながらの理想追求でなくては、空中分解してしまうということだろう。

難民救済などの人道援助に携わる人が、特別の人ではないということは、裏を返せばどんな人もそのような仕事ができるということだ。またそれは、とりもなおさず「全ての人の中には善意がある」という証《あかし》でもあるのだろう。

バレンタインデーは
毎年暁子がパパに
何かプレゼントして
いたのですが、今年は
いないので、私が
チョコレートケーキを
作りました。
二月十四日

春浅し

三月初旬、大阪城公園の梅林の梅は七、八分咲きだった。沿道に並ぶ樹は数十本もあるだろうか、すっくと伸びて天を指す枝々からは白、ピンク、濃い桃色などの花が無数に開き、凛《りん》とした寒さの中であでやかさを競い合っていた。

大阪城ホールで開催される生長の家講習会に出席するため、前日の夕方四時半ごろ宿泊先のホテルに着いた夫と私は、空港からの車中、大阪城公園の梅林の梅が見頃だと聞いたので、散歩がてら出かけることにしたのだった。ホテルの横を流れる川を渡ると、そこはもう大阪城公園の敷地で、目の前には大阪城ホールが建つ。その脇を通ってお堀を越えて城門をくぐると、すぐ左手が梅林だった。近づくにつれて、爽やかな甘い香りが私を包んでいくのが分かった。

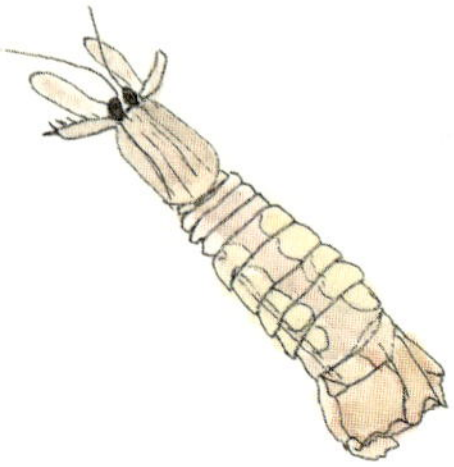

その日の日本列島は日本海側を中心に大荒れの天気で、羽田空港は飛び立てない飛行機の乗客で溢《あふ》れていた。幸い私たちの乗った飛行機は、予想されていた揺れもなく、定刻より少し遅れただけで伊丹空港に着陸した。大阪の空は雲が多めではあったが、その青い隙間から太陽の光も差し込んでいた。が、空港のターミナルビルから外へ出ると、ことのほか寒い。迎えに来て下さった人たちの話では、少し前までは霙《みぞれ》が降っていたという。そう言われて地上を見ると、アスファルトが黒く濡《ぬ》れていることに気がついた。

そんな日であったから、大阪城公園での観梅はとても寒かった。しかし、青空を背にして咲き誇る梅の美しさは格別で、私は「なんて綺麗《きれい》なんでしょう」と何度も声を出していた。

「なぜ梅はこんなに美しい花を咲かせるの?」

と、誰かに聞いてみたい気がした。

私の家の庭にも、紅梅の木が一本ある。これは夫の祖母が還暦のお祝いに戴いたものを地植えしたものだそうだ。だから樹齢五十年以上の老木ということになる。その木は一月二十日過ぎから咲きはじめていたから、三月初めには花はほとんど散っていた。毎年、大寒《だいかん》の頃、この紅梅が一つ二つと咲き始めると、私は春の訪れが身近なものとして感じられて嬉しい。その時期に体に感じるのは真冬の厳しい寒さなのだが、その寒さの向こうから「春が今年もやって来る」と梅の花が語っているような、よく考えてみればおかしな印象を感じる。このように毎年毎年変わりなく季節が巡ることは、もう何十回も経験ずみで、珍しくも驚きでもないにもかかわらず、「梅が咲いた」「チューリップの芽が出た」といって喜ぶ自分を振り返ってみると、人間は一瞬一瞬の時間を、そのたびごとに新しく経験していることが分かる。

過去の記憶、過去の経験——それらは確かにあるけれど、今のこの時間、この一瞬に美しさや喜びを見出すことが、人間の幸福感や生きがいに繋《つな》がるのだろう。

澄み切った冬の月、沈丁花《じんちょうげ》の甘い香り、雲ひとつない青空、薄紫のラベンダー……そんなどこにでもある自然の呼びかけに励まされて、今日も元気に生きようと思う私である。

そんな単純で平穏な日常を生きている私であるが、大阪城ホールの講習会での夫の話は、私の心を揺さぶった。信仰を現代に生かすという話の中で「先進諸国では人々は肥満に苦しんでいる。その一方でアフリカその他の貧しい国では、飢えによって人が次々に死んでいく。この現実を目《ま》の当たりにしたテロリストたちの心の中にあるのは、どうしようもない絶望ではないか」という言葉を聞いて、私の目からは涙が溢れた。この世に生きる人に、自爆テロに向かうしかない絶望感があるという現実は、あまりに悲しすぎると思った。

テロリストたちにも親があり、兄弟姉妹や夫、妻、子供たちがいるはずだ。彼らの生きる土地にも美しい花は咲くだろう。日本とは違って厳しいかもしれないが、壮大な自然があるだろう。それらの愛すべきものすべてを断ち切っても、戦わなければならない悪があるというのか。

テレビやラジオのニュースでは連日のように、イラクやパレスチナでのテロ攻撃が伝えられている。テロリストを憎む気持ちが私の中にあるのは否定できない。しかしこの世界の今の時点ではどうすることもできない不平等に対する絶望感が、彼らにとっては崇高な行為であるジハード（聖戦）に向かわせる一因なら、世界の不平等をなくすために、たとえささやかなことでも、できることがあれば実行したいと思う。

今年に入って、私はユニセフとイランの地震への救援のための募金に協力したが、それでどれだけの人たちの人生に貢献できるか分からない。望めば何でも手に入る豊かな先進諸国の一員として、自分の欲望をコントロールし、他に与えることが、世界の平和に繋がるという認識を持つことも、とても大切なことと思う。

地球の春はまだ浅い、そんな感を強くした三月の初めだった。

今がいちばん

　初めて収穫したそのキノコは、直径八センチくらいの艶のある焦げ茶色で、縁には白い小さな斑点模様が入り、肉厚で堂々としていた。私はそれをどのように料理しようかとしばし思案し、四等分して牡蠣《かき》とネギと一緒に、貝殻型のコキール皿に入れて、上から朴葉《ほうば》味噌と日本酒を少しかけてオーブンで焼くことにした。もっと素朴な料理法の方が本来の風味が味わえるかとも思ったが、これ一つしかなかったので、網で焼いて柚子《ゆず》醤油、などというのでは頼りないだろうと思った。この〝初物〟をとても楽しみにしていた夫は、はたしてそれを香りも味も良いと喜んでくれた。

　以前から椎茸《しいたけ》のホタ木（椎茸の菌種を植え付けた原木）を手に入れたいと思っていたらしい彼は、昨年暮にホームセンターで売られているのを見つけて一本だけ買った。

それを、東京・原宿の我が家の庭のビワの木の根元に置いた。雨の少ない冬のことと て、夫はせっせと水遣りをして、椎茸が顔を出すのを今日か明日かと期待して待って いたようだ。

庭にはブンチョウの鳥小屋が作られていて、掃除と水替えは毎朝の夫の仕事になっている。そのときに椎茸の様子も見ていたようだが、一向に椎茸は出てこず、夫の残念そうな言葉が何度も聞かれた。我が家の環境ではダメなのか、あるいは時期が適さないのかなど、私もいつしか椎茸のことを気にするようになっていた。ちょうどそんな頃、二人で出かけたデパートの野菜売り場に立派な椎茸が山積みされていて、大きな椎茸がびっしりついたホタ木も一緒に飾られていた。岩手か青森産だったと思う。

「寒い地方でもこんなに沢山つくのに、家のはなぜ出ないのかしら」

自分たちのやり方がどこか間違っているのか、あるいはホタ木そのものが良くないのか、と私は思った。しかし真冬の寒い戸外のことだったから、私の椎茸に対する関心もしだいに薄れていき、その後ホタ木のことはほとんど忘れてしまい、夫との会話にも椎茸のことは出て来なくなった。

やがて庭の木蓮の白い花が咲き、日中の気温が十五度前後になる日もある三月半ば、鳥の世話を終えた夫が、特別に何か良いことがあったような顔をして、

「出てきたよ」と言った。

「何が?」

「椎茸」。夫はしっかり見ていたようだ。

「えっ、ほんと! やっぱり暖かくなってきたからかしら?」

それから一週間ほど後に、初めての収穫ということになった。

最近は栽培種のキノコの種類も随分《ずいぶん》増えたが、椎茸はその中で最も古くからのなじみで、料理にも幅広く使われている。またここ数年は中国産のものも多く出回り、びっくりするような安値で売られている。だから夫が椎茸のホタ木を買うと言ったとき、私は異論を唱えなかったが、「特に珍しくもないのに……」と内心不思議に思ったものだった。そんな私であったが、実際にホタ木から二〜三ミリの小さなキノコが顔を出し、日ごとに大きくなっていくのを見守るのは、わくわくする楽しさがあるのを知った。

私はもともとキノコ採りが大好きで、三重県の伊勢で過ごした子供時代には、毎年秋になると家族でキノコ採りに出かけたものだ。父の友人がマツタケ山を持っていて、季節になると採りに来るように案内してくれるのだった。山でのキノコ採りは、すでに生長した食用キノコを見つけることで、それは一種の「宝探し」の面白さがある。ところが、ホタ木での栽培は、目の前にある「宝の素」が生長する過程を見る喜びなので、キノコ採りとは違った楽しみが味わえる。それを知った私たちは、気を良くしてその後、ホタ木を四本買い足した。

振り返ってみれば、夫と二人だけの生活になって一年が過ぎていた。「子供が家に一人もいない日々は寂しい」という不安が、私の心になかったわけではない。しかし一年が過ぎてみると、二人だからこそできること、二人でしかできないことが沢山あり、充実した日々である。以前は、朝六時半までに家族の朝食五人分と子供のお弁当を(多い時は三人分)作り終えていなくてはならなかったが、今は朝食は二人分、お弁当もそんなに急がずに一つ作るだけでいい。昔、省力化のためコーヒーメーカーで淹《い》れていたコーヒーは、今は夫が二人分をサイフォンで丁寧に淹れてくれるから、専門店

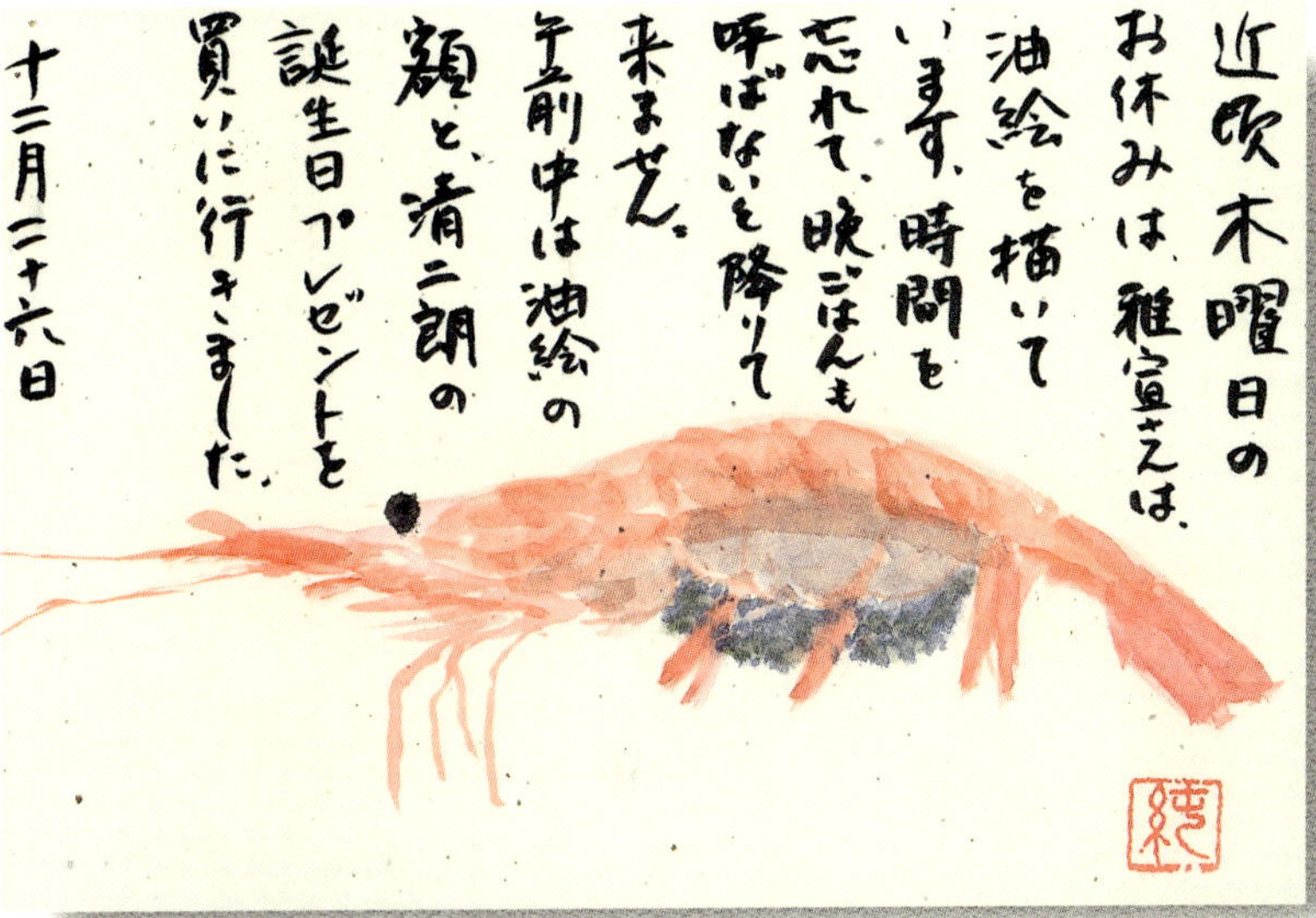
近頃木曜日の
お休みは、雅宣さんは、
油絵を描いて
います。時間を
忘れて、晩ごはんも
呼ばないと降りて
来ません。
午前中は油絵の
額と、清二朗の
誕生日プレゼントを
買いに行きました。
十二月二十六日

並みの薫りが楽しめる。

しかし子供が巣立ったことで、楽ばかりしているわけではない。

ほとんど毎週出かけることになった講習会での講話は、いつになったら慣れるのかと思うほど、私は緊張感とプレッシャーを感じている。また、毎週一回ほど、生長の家本部へ行くことも始めた。それが原因であるかどうか分からないが、ここ何年も風邪をひいたことがなかったが、この冬は、寝込むほどではなかったが二、三回、鼻水や咳《せき》が止まらなくて閉口した。しかし、このような新しい仕事も有難い生長の機会であると感謝している。

これから先さらに歳をかさねても、その年齢に相応《ふさわ》しい環境や仕事が与えられ、心の生長があるのだろう。きっと人は何歳になっても、「今が一番良い」と思えるのかもしれない、と思う近頃である。

鳥の子育て

二年程前の冬休みに家族で八ヶ岳の山荘に出かけた際、予期しない大雪に見舞われた。

山荘へは車では行けず、手前で降りて雪だらけで歩かねばならないほどだったから、滞在中は家の中で過ごすしかなかった。そんな時、暇をもてあました次男が、家に残っていた木切れで鳥の巣箱を作り始めた。やがて出来上がった巣箱に、今度は妹と一緒に色を塗った。色は若者の感覚なのか、赤と濃い青のストライプを描いた。鳥の巣箱としては不似合いである。別の日に巣箱を見た姑《はは》は、そういう色は鳥にとっては警戒色なので、「飛んで来ても逃げてしまうわよ」と言った。子供たちは工作気分で作ったのだから、彼らなりの〝芸術的センス〟を表現したのだろう。

その巣箱は半年ほど山荘の中に飾っておいたが去年の夏、夫はデッキの横の山桜の木にそれを針金で括《くく》りつけた。せっかく作ったものだから、鳥が入らなくても景観のアクセントになるし、もしかしたら子供たちの努力も実るかもしれないと、そんな動機だったのではと想像する。巣箱の色は、数カ月経つと雨風に晒《さら》されて少し褪《あ》せてはきたが、まわりの緑の中でまだ目立っていた。

それが、今年の四月半ば山荘に行ったとき、何気なく窓から外を見ていた私は、その箱に小さな灰色の鳥が入ったのを見つけた。巣箱の口は、大きさによって入る鳥の種類が違ってくるというから、スズメくらいの小型の鳥が入れるようにしてあった。私が見た鳥は、頬の白いシジュウカラに良く似た鳥だったが、図鑑で調べてみるとヒガラとわかった。せわしなく巣を出たり入ったりしている。きっと巣作りをしているのだろう。喜んだ私は、別に暮らしている息子と娘に、巣箱に鳥が入ったことを電話で知らせた。

二十日程してまた山荘を訪れたとき、ヒガラはとても注意深くなっていた。飛んで来てもすぐ中には入らず、巣箱の屋根やそばの木に一旦止まって、あたりを見回してから素早く箱の中に入る。きっと卵をあたため始めたのだ。鳥の子育てを見るのは初めてではないが、親鳥の一途な熱心さには、いつも感心させられる。

そんな鳥の子育てと比べて、人間ももっと子供を大切にすべきだ、と言われることがある。虐待や放置などしないで、という意味だ。それは確かにその通りだが、人間には本能だけで生きる鳥とは違って、複雑な「心」があるから、必ずしも鳥のようにはいかない。

私は、自分の子育てを振り返って、その時その時で一所懸命だったと思う。もちろん、それは「完璧《かんぺき》だった」という意味ではない。時には子供に自分の意見を押しつけたり、型にはめようとしたりした。また、意見の食い違いから感情的になり、子供と衝突したこともあった。余計な取り越し苦労をすることもあった。子供には皆その子ならではの個性があり、人と比べずにそれぞれの生長を信じて待つことの大切さも教えられた。

そんな子育て時代のことを、近頃たまに思い出す。もっとこうすれば良かったとか、ああすれば良かったと思うこともある。しかし後戻りできないのが人生だ。たとえやり直しができたとしても、やはり「完璧」とはいかなくて、自分の未熟さを後悔するに違いない。そういう意味で、失敗や反省も貴重な経験であり、そこから学ぶことで人間は生長し、進歩していくものなのだろう。

私は自分が幸運だったと思うのは、子育てについていつも一緒に考え、相談に乗ってくれる夫がいたことだ。それと共に「生長の家」の教育法が常に私を導いてくれたし、親としてのあり方を教えてくれた。

しかし相談する人がいなかったり、どう教育すればいいのかわからないと、幼児虐待などということにもなる。そんなニュースを聞くと、親はどうなっているのだろうと思うことがある。しかし、親もまた生長過程にあるから、教育に自信がなく、孤独感に悩んでいたり、寂しかったりすると、子供への愛が歪められて、虐待や子育て放棄というような形になって現れることもあるのだろう。人間が鳥の親よりも劣るのではなく、何でもできる自由さが、かえって悩みや苦しみを作っているのではないか。

人はロボットのように予《あらかじ》め行動を決められていないから時々、良い姿も悪い姿も見せる。もしこの世に神がいるなら、なぜ悪事を行う人間を創ったのかと問う人がいる。

それはもっともな疑問で誰もがよく思うことだろう。しかしちょっと考えてみると、正しいことしかしない人間、善いことしか絶対にしない人ばかりの世界は、自由のない世界、ロボットの世界とも言える。

無限の自由を与えられた中で、悩みながら、失敗を繰り返しながら、それでも「より善くありたい」と心の奥深く常に願って生きようとする。それが、本能だけに支配されない人間の尊厳であり、生きる甲斐と言えるのではないだろうか。

鳥は子育てについて、きっと悩んだり苦しんだりはしない。しかし、鳥の世界を改善しようとも思わないに違いない。だから、太古の昔から鳥は同じ行動を繰り返す。人間は多様な生き方ができるがゆえに悩みはするが、そこから人間社会は進歩する。ヒガラの子育てを見て、私はそんなことを考えた。

日本の風景

私は生長の家の講習会で全国各地に行くが、四月五月はどこへ行っても田んぼに水が張られ、田植えの準備がされ、早苗が植えられる。青々と広がった水田の周りに遠く、近く青い山々が横たわる風景は、懐かしい日本の原風景である。
私が育った三重県の伊勢もまさにそんなところであった。しかし幼い頃の私は、田植え時や田園風景を特に意識しないで過ごしたように思う。当時それは、私にとって何の変哲もない、当たり前の環境であり、その中で草を摘み、魚を掬《すく》い、蝶や昆虫を追いかけ、友達と時間の過ぎるのも忘れて過ごしたのだった。やがて成長した私は、その故郷での十八年よりも、東京での暮らしが倍近くになったため、「日本の風景」などを改めて思うこともなくなった。考えてみれば、私の生活の守備範囲は、ビルや工

場の立ち並ぶ京浜地方と、農村部でもせいぜい関東地方に限られていたのである。

ところが昨年の四月から生長の家の講習会に参加するようになったため、この一年と数カ月の間に三十以上の都道府県を訪れた。東京を中心とする都会も一つの「日本の風景」には違いないが、国土の中の割合でいえば、圧倒的大部分は都会ではない。飛行機や列車の窓から見える国土には田があり、畑があり、その背後に、深い森、緑や青の山がなだらかに、時に険しくどこまでも広がっている。それが、日本という国の地理的な姿なのだという印象を、私は改めて強くした。

そんな五月半ば、私は夫の取材旅行に同行して、山形県鶴岡市に一泊二日の旅をした。講習会の旅では、空港や駅からホテルへ、そしてホテルから講習会の会場へと慌《あわただ》しく移動する。その間の風景は楕円や四角に区切られた狭い窓から眺めるだけである。時に帰路、飛行機や列車の出発時刻までに余裕がある場合、その地方の名所や博物館などを見学するが、それもほんの半時間前後である。

しかし、鶴岡への旅は夫の私的な取材旅行だったので、目的の場所ではゆっくり時間をもつことができた。実は鶴岡へは二度目である。最初は一月の成人式の頃で、寒空の中を雪が舞っていた。山形を代表する山、月山《がっさん》は真っ白な雪に覆われていて、人を寄せつけない威厳を見せ、雪に霞む山地一帯は幻想的でさえあった。が、今回は五月、新緑が目に美しく、山のところどころにはまだ残雪もあり、心も体も洗われるように清々しい。平坦な道路の両側には、緑の五分刈り頭のように苗が整然と植えられた稲田、住宅の庭には北国の遅い春に一斉に咲いた花々、川岸は羊歯《しだ》類やススキの仲間が背を伸ばしている。さらに山奥へ入れば、何百年も前から根を張る巨木が聳《そび》え、雪解け水は山肌から落ちて谷底の川へと流れている。訪れる人のない山の中は、いたるところにワラビなどの山菜が所狭しと生えていた。

泊まったのは鶴岡郊外の湯田川という小さな温泉町で、旅館もせいぜい十数軒、宿屋街も数分で通りぬけられるこじんまりした所だった。宿での夕食後散歩に出た私たちは、旅館のはす向かいにある銭湯の壁に書かれたその町の案内図を見ていた。

するると、銭湯から出てきた七十歳前後の男性が、
「地図わかりますか?」と親しげに声をかけてきた。

私たちが「はぁ」などと自信なげに答えると、

「ゆっくり楽しんでください」と言って帰っていった。

案内図の前にはベンチが置かれていたので、私たちはこれ幸いと腰掛けて、しばらくの間、町の様子を観察した。するとその銭湯には、小さな子供から学生、その親、お年寄りまでが、次々とやって来て、お互いに声をかけあっている。手拭と洗面器を持って歩いて来る人、自転車で来る人、家族ぐるみが自動車で来ることもある。そのほとんどが、ベンチにいる旅行者然とした私たちに挨拶をしてくれる。観光客の多い温泉町だから、そのような習慣になっているのかもしれないが、年配者だけでなく見知らぬ若者にも挨拶されるのは、気分の良いものである。

そんな時気がついたのは、銭湯から出てきたお年寄りの中に、私たちにクルリと背を向け、目の前にある細い路地の暗がりに向かって、深々とお辞儀をする人がいることだった。後で調べて分かったことだが、その暗がりの先には神社の参道があり、参道は真っ直ぐ山へと続き、その先には千三百年以上も前に創建された由豆佐賣《ゆずさめ》神社があるのだった。その銭湯には「正面湯」という大きな看板が掛かっていた。神社の正面にあるからだそうだ。

東北の地、山形の地方都市にどっぷり浸った二日間、私は鶴岡という町への好感が次第に深まってゆくのを感じていた。それは、いままで当たり前に感じて特に意識しなかった「日本の風景」を、しっかりと心に留める過程でもあった。講習会のための旅では「広く」それを知り、鶴岡への旅では「深く」それを感じた。

日本の地方都市は、中心地や国道沿いには東京とさほど変わらない風景が展開するが、農村部や奥地には、かけがえのない美しく貴重な自然が沢山ある。そこに生きる人々の生活には、そんな自然に育《はぐく》まれた文化が息づいている。自然とそこに暮らす人がいるからこそ、懐かしく慕わしい「日本の風景」と私には感じられるのだろう。

山はすっかり
新緑になり
ました。
遠くの山には雪があります。
朝早く起きると、
赤ゲラという、頭の
一部と腹の所が赤い
キツツキの仲間が近く
の木に来ます。
カッコウもどこかで
鳴いています。
名前のわからない鳥も
いっぱいです。
五月二十九日

初出一覧（掲載誌はすべて『白鳩』誌）

人生の節目

心の居場所（二〇〇一年四月号）
人生の節目（二〇〇一年五月号）
鑑真和上（二〇〇一年六月号）
うららかな春の日に（二〇〇一年七月号）
山の春（二〇〇一年八月号）
伴侶のある可能性（二〇〇一年九月号）
半袖の正装（二〇〇一年一〇月号）
出かけて行った娘（二〇〇一年一一月号）
共感する心（二〇〇二年一月号）
理想に生きる（二〇〇二年三月号）

〝二人の自分〟の間で

サポーターからパートナーへ（二〇〇二年四月号）
聖職者の驕り（二〇〇二年五月号）
ある春の日に（二〇〇二年六月号）
バスの中で（二〇〇二年七月号）
〝二人の自分〟の間で（二〇〇二年八月号）
理想をもち、語ること（二〇〇二年九月号）
鍬の手応え（二〇〇二年一〇月号）
父をもてなす（二〇〇二年一一月号）
一人でも始めよう（二〇〇二年一二月号）
ある季節の終わりに（二〇〇三年一月号）

海苔巻の味

人々の祈り（二〇〇三年二月号）
現実を変えるもの（二〇〇三年三月号）
三角の指輪（二〇〇三年四月号）
海苔巻の味（二〇〇三年五月号）
ミス・コンテスト（二〇〇三年六月号）
新しいページ（二〇〇三年七月号）
可愛い子には旅を（二〇〇三年八月号）
一万円のワイン（二〇〇三年九月号）
星に教えられ（二〇〇三年一〇月号）
庭からの贈りもの（二〇〇三年一一月号）

今がいちばん

人々の輪（二〇〇三年一二月号）
レトログラス（二〇〇四年一月号）
人生遍路（二〇〇四年二月号）
小さな善行を積む（二〇〇四年三月号）
いのちの不思議（二〇〇四年四月号）
善意の人々（二〇〇四年五月号）
春浅し（二〇〇四年六月号）
今がいちばん（二〇〇四年七月号）
鳥の子育て（二〇〇四年八月号）
日本の風景（二〇〇四年九月号）

著者紹介
谷口　純子

一九五二年三重県に生まれる。日本航空国際線スチュワーデスを経て、一九七九年、谷口雅宣氏（現生長の家副総裁）と結婚。一九九二年、生長の家白鳩会副総裁に就任。現在『白鳩』誌に「四季のエッセイ」を執筆している。著書に『花の旅立ち』（日本教文社）がある。二男一女の母。

電子メール
junko.taniguchi@nifty.ne.jp

新《あたら》しいページ

二〇〇四年一一月二〇日　初版発行

著　者　谷口　純子（たにぐち・じゅんこ）
発行者　岸　重人
発行所　株式会社　日本教文社
東京都港区赤坂九―六―四四　〒一〇七―八六七四
電　話　〇三（三四〇一）九一一一（代表）
〇三（三四〇一）九一一四（編集）
ＦＡＸ　〇三（三四〇一）九一一八（編集）
〇三（三四〇一）九一三九（営業）

頒布所　財団法人　世界聖典普及協会
東京都港区赤坂九―六―三三　〒一〇七―八六九一
振替　〇〇一一〇―七―一二〇五四九

印刷所
製本所　凸版印刷

ISBN4-531-05243-9